아주 특별한 1분

고진하 지음

조화로운삶

차례

1

사랑의 포옹

2

마음의 여유

3

깨달음의 지혜

4

꿈꾸는 젊음

사랑의 포옹

주는 것은 받는 것보다 행복하며, 사랑하는 것은
받는 것보다 아름답고 사람을 행복하게 한다.

—헤르만 헤세(1877~1962)

꿈이 바로 지금 여기에 있다

　가난한 집안에서 태어난 형제가 있었다. 형제는 같은 환경에서 자라났지만 너무도 다른 삶을 살고 있었다. 형은 거리에서 구걸하는 거지 신세를 면치 못했고, 동생은 열심히 공부하여 박사학위까지 받고 훌륭한 대학교수가 되어 있었다.

　어떤 기자가 이 형제의 사정을 듣고 똑같은 환경에서 어떻게 다른 인물이 나오게 되었는지 궁금하여 그 내력을 추적했다. 오랜 추적 끝에 기자는 형제가 자란 집을 찾아가 보게 되었는데, 거실 벽에 특이한 액자 하나가 붙어 있는 것을 발견했다. 'Dream is nowhere(꿈은 어느 곳에도 없다)'라는 글귀가 적힌 조그만 액자가 그것이었다.

꿈이 없다니? 기자는 거리에서 구걸하는 형을 찾아가서 그 액자가 기억나느냐고 물었다. 형이 대답했다.

"네, 있었죠. 'Dream is nowhere.' 20년 넘게 우리 집에 걸려 있던 액자죠. 저는 늘 그것을 보며 자랐어요."

기자는 이번엔 대학에서 학생들을 가르치는 동생을 찾아가서 물었다. 그는 여유 있는 미소를 지으며 대답했다.

"네, 있었죠. 하지만 저는 띄어쓰기를 달리해서 보았죠. 'Dream is now here(꿈은 바로 지금 여기에 있다)'라고. 저는 늘 그렇게 생각하며 자랐죠."

「영성적이며 공동체적이며 생태학적인 신앙공동체를 위한 자료」에 나오는 아름다운 이야기이다.

⋀ ⋀ ⋀

그대가 읽는 글에도 에너지가 실려 있고,
그대가 떠올리는 생각에도 에너지가 실려 있다.
부정적인 생각과 글에 자주 접하면
그것이 그대의 삶을 파괴할 것이요,
긍정적인 생각과 글에 자주 접하면
그것이 그대의 삶을 풍요롭게 할 것이다.

포옹

태어난 지 며칠 안 된 쌍둥이 중 한 아이가 심장에 큰 결함을 안고 태어났는데, 의사들은 모두 그 아이가 살기 어려울 것이라고 말했다. 며칠 동안 그 아기는 병세가 계속 악화되어 죽기 직전에 이르렀다.

그때 한 간호사가 쌍둥이를 인큐베이터에 함께 넣자는 의견을 내놓았다. 이것은 병원의 방침에 어긋나는 일이었다. 그래서 담당의사는 잠시 고민했지만, 결국 엄마 자궁에서처럼 두 아이를 한 인큐베이터에 나란히 눕히는 데 동의했다.

쌍둥이는 한 인큐베이터 안에 넣어졌다. 그런데 잠시 후, 건강한 아이가 팔을 뻗어 아픈 동생을 감싸안았다. 그 순간, 의학적으로 설명할 수 없는 놀라운 기적이 일어났다. 동생의 심장이 안정을 되찾기 시작했고, 혈압도 정상으로 돌아왔다. 그 다음에는 체온도 제자리로 돌아왔다.

동생은 조금씩 나아졌고, 현재 두 아이는 완전히 정상으로 무럭무럭 자라고 있다.

기독교 설교자인 조엘 오스틴의 책에 나오는 이야기이다.

▲ ▲ ▲

지금도 그대 주위에는 그대의 포옹을
기다리는 아픈 생명들이 있다.
그대가 내미는 손길에는 어머니의 약손처럼
치유의 에너지가 숨겨져 있다.
신은 그대를 사랑의 도구로 사용하여
많은 사람들에게 희망과 치료,
구원의 기쁨을 주기를 간절히 바라신다.

왕과 악사

어느 나라에 거문고를 잘 타는 사람이 있었다. 왕이 소문을 듣고 그 악사를 궁궐 안으로 불렀다. 왕은 연주 전에 거문고 타는 사람에게 말했다.

"나를 위해 훌륭한 솜씨를 보여다오. 그대의 거문고 타는 솜씨가 뛰어나면, 그대에게 상금으로 은전 이천 냥을 주겠다."

악사는 혼신을 다해 뛰어난 솜씨로 연주를 마쳤다. 왕은 흡족해하며 칭찬의 말을 아끼지 않았다. 그런데 조금 전에 약속한 은전 이천 냥은 주지 않았다. 악사가 체면 불구하고 왕에게 말했다.

"음악이 기대에 못 미쳐 흡족치 않으신지요?"

"아니오. 매우 흡족하오."

"그러시면 왜 약속하신 은전은 주시지 않습니까?"

그러자 왕이 빙그레 웃으며 대답했다.

"그대가 연주한 것은 단지 나의 귀를 즐겁게 했을 뿐이오. 연주 전에 내가 그대에게 이천 냥의 돈을 주겠다고 한 것도 그대의 귀를 즐겁게 하기 위해서였을 뿐이오. 그리고 또 그대도 혼신을 다한 연주로 흡족해하니 그것으로 족하지 않소?"

악사는 어이가 없었으나, 틀린 말이 아닌지라 껄껄거리며 왕과 함께 웃었다. 왕과 악사는 둘이 아닌 하나로 어우러져 웃었던 것이다.

금이나 은으로 환산되지 않는 삶의 기쁨,
그대 나날의 삶을 이런 부요로 그득하게 하라.

눈 먼 성자

　오래전에 한 눈 먼 성자가 있었다. 그는 하늘나라의 기쁜 소식을 전하러 어떤 마을로 가게 되었는데, 가는 길이 매우 험한지라 사람들이 어린 소년 하나를 길잡이로 붙여 주었다.

　거친 들길을 걷다가 다리가 자꾸 아파오고 목도 마르고 하자, 소년은 앞 못 보는 노인과 걷는 게 지겨워졌다. 그래서 문득 짓궂은 생각을 해냈다.

　"성자님, 잠시 복음을 전하고 가시지 않을래요?"

　"그렇게 하자꾸나. 그런데 애야, 누구에게 전하는 거니?"

　"지금 우리 앞에는 아저씨 아주머니들이 성자님의 말씀

을 들으러 많이 모여 계세요."

"그래? 하늘나라 기쁜 소식을 전할 좋은 기회구나. 애야, 그들 앞에 가면 내게 얘기해 주려무나."

"성자님, 벌써 다 오셨는데요!"

사실 조용한 들판 위에는 성자와 소년 둘밖에 없었다. 소년이 거짓말을 한 것이었다. 주위에는 거무스레한 자갈들과 약간의 마른 풀들이 널려 있을 뿐이었다.

그러나 성자는 소년의 말을 곧이곧대로 듣고, 아주 맑은 목소리로 기쁨에 넘쳐서 하늘나라의 기쁜 소식을 전했다. 하지만, 유감스럽게도 성자의 말을 듣는 이는 단지 아이와 사막의 곤충들뿐이었다.

그렇지만 성자의 설교가 다 끝났을 때, 들판에 널린 모든 자갈들이 일제히 이렇게 응답했다.

"아멘!"

성자는 아주 밝은 얼굴로 길을 떠나며 아이에게 말했다.

"우리는 방금 아주 선량한 사람들을 만난 것 같구나!"

프랑스 민담으로 전해오는 이야기이다.

세상을 지은 조물주가 진정으로 기뻐하는 것은

온갖 만물과 사랑으로 차별 없이 어울려 지내는 것이다.

여기, 귀 없는 돌들에게 말을 건넬 줄 아는

천진한 동심童心을 보라.

천국을 누리는 비밀을 알아낸 것 같아 기쁘지 않은가.

행복의 비밀

어떤 부자가 자기 아들에게 '행복의 비밀'을 배워 오라고 가장 뛰어난 현자에게 보냈다. 그 젊은이는 사십 일 동안 사막을 걸어 산꼭대기에 있는 오래된 성에 이르렀다. 그곳에는 젊은이가 찾는 현자가 살고 있었다.

현자의 집으로 들어가자, 마침 많은 사람들이 모여서 산해진미를 벌여 놓고 축제를 즐기고 있었다. 이 젊은이는 두어 시간을 기다려서야 현자를 만날 수 있었다. 젊은이가 찾아온 용건을 들은 현자는 지금은 손님들과 함께 있기 때문에 얘기할 시간이 없으니, 자신의 저택을 먼저 구경하고 오라고 일렀다. 그러면서 한 가지 당부를 잊지 않았다.

"내가 젊은이에게 부탁할 것이 있네."

현자는 젊은이에게 기름 두어 방울을 떨어뜨린 찻숟갈 하나를 주면서 이렇게 덧붙였다.

"내 집을 구경하는 동안, 이 찻숟갈의 기름을 한 방울도 흘려서는 안 되네."

젊은이는 현자의 말대로, 저택의 많은 계단들을 오르내리면서도 기름이 담긴 숟가락에서 눈을 떼지 않았다. 그렇게 두어 시간이 지난 후 그는 현자에게 돌아갔다.

현자가 물었다.

"그대는 우리 식당에 깔려 있는 페르시아 양탄자를 보았는가? 그리고 유명한 정원사가 십 년 동안 가꾸어 놓은 나의 정원을 보았는가? 내 서재에 있는 양피지로 된 훌륭한 책들을 보았는가?"

젊은이는 현자의 물음에 얼굴이 벌겋게 상기되어 대답했다.

"숟가락에 담아 주신 기름을 흘릴까 봐, 거기에 신경을 쓰느라 아무것도 보지 못했습니다."

현자가 껄껄껄 웃으며 말했다.

"오, 그래? 그러면, 다시 가서 내 집의 아름다운 것들을 살펴보고 오게."

이번에도 젊은이의 손에는 여전히 기름 두 방울이 담긴

숟가락이 들려 있었으나, 조금 전보다 훨씬 편안한 마음으로 저택을 샅샅이 둘러보았다. 그는 저택을 둘러본 뒤, 현자에게 돌아와서 자기가 본 저택의 아름다움과 웅장함, 그리고 고요한 조화에 대해 주절주절 이야기를 늘어놓았다.

그의 말을 듣고 난 현자가 말했다.

"그렇다면 내가 그대에게 맡긴 기름 두 방울은 어디에 있는가?"

자기 손에 들린 숟가락을 쳐다본 젊은이는, 기름이 다 흘러 버린 것을 깨달았다.

"자, '행복의 비밀'이란 이 세상의 모든 아름다움을 보는 것, 그리고 절대로 숟가락에 있는 기름 두 방울을 잃어버리지 않는 데에 있다네. 내가 그대에게 줄 가르침은 이것뿐일세."

이 아름다운 이야기는 브라질 작가 파울로 코엘료의 『연금술사』라는 소설에 나온다.

⚑ ⚑ ⚑

숟가락에 담긴 기름 두 방울은
우리의 영혼을 상징한다.

누가 세상에서 즐거움을 누리며

동시에 제 영혼을 잘 간수할 수 있겠는가.

한 지혜자는 이렇게 가르친다.

"젊은이여, 네 어린 때를 즐거워하며

네 청년의 날을 기뻐하여

네 마음에 원하는 길과

네 감각이 바라는 바를 좇아 행하라.

그러나 신神이 이 모든 일로 인하여

너를 심판하리라는 것을 기억하라."

―「전도서 11 : 9」

발자국

어떤 늙은이가 거의 백 년 동안이나 걷고 있었다. 유년과 청춘의 길목도 지나왔고, 숱한 기쁨과 고통, 희망과 절망의 골짜기도 거쳐 왔다. 그는 기억 속의 그 모든 것들을 사랑했다.

어느 날, 그는 바닷가에 멈춰 서서 흰 모래사장 위에 찍힌 자기 일생의 발자국을 돌아보았다. 어느 한 순간의 발자국도 빠진 것이 없었다. 그런데 문득 그는, 자신이 지금까지 혼자 걷고 있었던 게 아님을 발견했다. 대제 누가 나와 동행한 것일까?

그 순간, 어디서 친근한 목소리가 들렸다.

"나이니라."

그는 곧 그 목소리가, 사람들이 신이라 부르는 태초의 조상임을 알아챘다. 아비 중의 아비인 분의 음성을 들은 그는 매우 기뻐했다. 어릴 적 이후로는 듣지 못한 음성이었기 때문이다. 그는 기쁨에 차서 두 사람이 나란히 걸어온 발자국을 찬찬히 돌아보았다.

그러나 과거의 어느 나날들에 이르자 한 사람의 발자국만이 눈에 띄었다. 옛 기억을 떠올려 보니, 한 사람의 발자국만 있던 때는 어둡고 불행했던 시절이었다.

그는 갑자기 무거운 슬픔을 느끼며 소리쳤다.

"저 불행했던 시절을 보십시오. 저는 혼자 걷고 있었군요. 도대체 그때 당신은 어디에 계셨던가요?"

목소리가 대답했다.

"사랑하는 아들아, 저 고독한 흔적은 네 것이 아닌 내 발자국이다. 네가 모두에게 버림받아 홀로 어두운 길을 가고 있던 그때, 나는 그 길 위에 있었다. 너는 내 위에서 울고 있었고, 나는 그런 너를 업고 걸었느니라."

브라질에서 전해져 오는 민담에 나오는 이야기이다.

생의 근원에 대한 망각은,

사람을 외로운 섬으로 만든다.

하지만 자기가 어디서 와서 어디로 가는지를

항상 기억하고 사는 사람은

버려진 섬 같은 외로움과 고통 가운데서도,

자기와 한 몸으로 있는 이에 대한

희열의 노래를 멈추지 않는다.

"나는 혼자 있는 것이 아니란다.

그분이 항상 나와 함께 계시거든!"

—「요한복음 16 : 32」

우편함 속의 새

　매일 새벽 배달되는 여명黎明이란 보석을 선물로 받고도
또 '뭐 배달된 게 있나' 하고 대문께로 스적스적 걸어갔더
니, 빨간 우편함에 이런 글귀가 코팅되어 붙어 있었다.

　우체부 아저씨, 새가 둥지를 틀고 알을 품고 있으니
　우편물을 아래 장바구니에 넣어 주세요!

　'그래, 예쁜 짓 잘하는 아래층 아낙이 한 짓이 분명해.'
　산방産房 앞에서 멈칫거리듯 조심스런 눈길로 우편함 속
을 들여다보니, 마른 풀로 짠 둥지 속에 조그만 새의 반들대
는 까만 두 눈이 낯선 나를 쏘아보고 있었다. 문득 등 뒤가

뜨거워 돌아보니, 아래층 아낙이 물 뿜는 호스를 손에 들고 벚나무 밑에 신주 모시듯 모신 성모상聖母像의 얼굴을 씻기고 있었다. 황사 끝자락의 붉은 먼지를 뒤집어쓴 성모님이 아낙의 물세례를 받고 수줍은 듯 아미를 숙이고 있었다.

내가 말했다.

"성모님 두 분을 모셨네요?"

"왜 두 분만이겠어요? 그렇게 말씀하시면, 다른 분들이 서운해하지요."

난 아낙에게 두 손 들고 말았다.

"아, 그래요, 맞아요! 뜰의 나무며 풀들, 연못의 올챙이, 미꾸라지, 장구벌레들하며……."

▲ ▲ ▲

비록 하찮은 벼룩일지라도,

그것이 하느님 안에 있다면

그것은 천사보다 고귀하다.

하느님 안에서 만물은 평등하며,

만물은 하느님 자신이기도 하다.

— 마이스터 엑카르트

생명의 확률

소걀 린포체의 『티베트의 지혜』에 나오는 이야기이다.

우주만큼이나 드넓은 바다의 심연을 떠돌아다니는 눈먼 거북이가 있다. 어떻게 그렇게 되었는지는 모르지만, 눈먼 거북이는 정처 없이 바닷속을 헤엄치며 겨우겨우 생명을 영위했다.

그리고 바다 위에는 나무로 만든 목걸이 하나가 떠 있다. 파도가 칠 때마다 이 나무 목걸이는 이리 흔들 저리 흔들 거리며 바다 위를 떠다닌다.

거북이는 백 년에 한 번 수면 위로 얼굴을 내민다.

불교에서는 우리가 사람으로 태어나는 것이, 백 년에 한 번 수면으로 나온 눈먼 거북이가 우연히 그 나무 목걸이에

목을 걸게 되는 경우보다 더 어렵다고 한다.

우리가 하늘로부터 생명을 받은 확률이 그렇다는 것이다.

우리 가운데는, 자기는 별 볼 일 없는 존재라고
한없이 자기를 비하하는 이가 있다.
천덕꾸러기 같은 생존은 있어도
찬란한 생명의 광휘는 뿜어 내지 못하리.
언젠가 깨어질 질그릇 같은 생에,
신이 값진 보화를 가득 담아 주셨다고
즐거워하는 사람도 있다.
겉모습이 초라하고 보잘것없어도
신이 자기 속에 거주하고 계시는 줄 아는 이다.
따라서 그런 이는 자기 품에 지닌 것을
하늘의 선물로 여기고, 자족에서 천국이 꽃피는 줄을 안다.

아무리 귀한 보물이라도

한 노인이 꽤 비싸게 보이는 커다란 도자기를 등에 지고 조심스럽게 길을 걷고 있었다. 길을 지나던 사람들이 모두 그 도자기의 아름다움에 감탄했다.

그런데 그만 노인이 돌부리에 걸려 몸을 휘청거리다가 넘어지고 말았다. 그 바람에 등에 지고 있던 도자기가 땅에 떨어져 산산조각이 났다.

지나가던 사람들은 발걸음을 멈추고 안타까운 눈빛으로 노인을 바라보았다. 그러나 노인은 오히려 담담한 표정으로 툭툭 털며 자리에서 일어났다. 그러고는 깨진 도자기 조각들을 한쪽으로 치우더니 아무 일도 없었다는 듯이 다시 길을 떠났다.

그때 한 청년이 노인의 길을 가로막고 정중하게 물었다.

"어르신, 제가 보기에 상당히 값나가는 도자기 같은데, 그 귀한 것을 깨뜨리고 어찌 뒤도 돌아보지 않고 가십니까?"

그러자 노인이 허허 웃으며 대답했다.

"젊은이, 이미 부서진 도자기를 보고 아무리 후회한들 무슨 소용이 있겠소? 뒤늦게 후회하느니, 차라리 앞으로 내가 가야 할 길을 가는 것이 낫지 않겠소?"

▲ ▲ ▲

아무리 찬란하게 빛나는 과거라도

그것에 연연하는 한

삶의 새로운 페이지는 열리지 않는다.

아무리 귀중한 보물이라도

그것에 집착하는 한

삶의 새로운 광맥을 발견할 수는 없다.

가슴의 온도

　매달 고아원을 방문해서 아이들에게 많은 선물을 나눠 주는 사람이 있었다. 자신의 신상이 공개되기를 원하지 않아 그를 아는 사람은 없었다.

　그러나 그 사람에 대한 소문이 조금씩 퍼져 나갔고, 한 신문 기자가 흥미를 가지고 취재하기 시작했다.

　마침내 기자는 그 사람이 겨우 하루 벌어 하루를 살아가는 일용직 노동자이며, 집도 없는 가난한 사람이라는 것을 알게 되었다.

　기자가 그를 만나서 물었다.

　"당신은 가진 것도 없는데, 어떻게 고아들을 도울 수 있습니까?"

그가 온화한 미소를 지으며 대답했다.

"많은 것을 가졌다고 많은 것을 줄 수 있는 것은 아닙니다. 자비를 베푸는 데 필요한 것은 물질이 아니라 가슴의 온도니까요. 자비를 행할 수 있느냐 없느냐는, 마음속에 어떤 난로를 넣고 사느냐에 달린 것이지요."

뜨거운 난로 같은 가슴을 지니고 있는 사람에게는
자비를 베풀어야 할 대상이 따로 존재하지 않는다.
자비의 대양에서는 모두가 이미 하나이기 때문이다.
자비는 이미 하나 되어 있는 것을 이어 붙이고 동여맬 따름이다.

모월산

벌써 치악산 기슭에 둥지를 틀고 산 지 8년이 되었다. 그런데도 치악산이 '모월산母月山'이라는 아름다운 이름을 갖고 있다는 것을 알게 된 것은 최근이다.

어머니 같은 모성母性으로 그 슬하에 있는 것들을 다 품어 주고, 달빛 같이 환한 빛으로 어둠 속을 헤매는 중생들을 인도해 주는 모월산! 얼마나 아름답고 의미심장한 이름인가! 그래서 난 아침에 깨어날 때마다 제일 먼저 바라보게 되는 그 산을 '모월산'이라 부르기로 했다.

어느 날 나는 싯푸르게 녹음이 우거진 모월산을 아내와 함께 오르며 말했다.

"여보, 이제 내 아호를 모월산인母月山人이라 하기로 했다우!"

"왜 그렇게 했죠?"

"내가 좀 너그럽지 못하고, 품이 작은 사람이잖아. 하루
아침에 뭐가 바뀌지야 않겠지만, 그래도 스스로 그렇게 자
꾸 되뇌다 보면, 좀 나아지지 않겠소? 어제만 해도 내가 좀
더 품을 크게 가졌으면 당신과 투닥거리지 않았을 텐
데……."

모월산 정령이 들으시면 웃을 일이지만, 나는 그렇게 모
월산을 오르며 나를 굴려갈 새 이름 하나를 정했다.

내 얘기를 듣고 아내가 히죽히죽 웃으며 대꾸했다.

"요가의 대가인 스와미 웨다의 잠언이 생각나는군요.
'만일 그대가 남성이면 여성이 되도록 노력하라'고 했지
요. 그리고 여성이면 그냥 여성으로 살라고요. 당신 안에
부족한 여성성을 키우고 싶다는 거죠?"

△ △ △

삼가 모든 어머니 앞에 머리를 숙이자.

어머니는 모세를 낳았고,

마호멧을 낳았으며,

예수를 낳았다.

지칠 줄 모르고 위대한 인물을 이 세상에 낳아 준

어머니에게 머리를 숙이자.

위대한 인물은 모두 어머니의 자식이며,

그 젖을 먹고 자랐다.

―막심 고리끼

생명을 나르는 수레

부엌에는 쌀이나 생선, 야채 따위의 먹을거리만 있는 게 아니다. 바퀴벌레도 숨어 있고, 푸성귀에 붙어온 배추애벌레나 달팽이 같은 놈들도 꾸물대며 살고 있다.

며칠 전, 동창이 훤히 밝았는데도 나는 이불 속에서 뒤척거리고 있었다.

"여보, 이것 좀 와서 봐요!"

밥을 지으러 먼저 일어난 아내가 부엌에서 소리를 질렀다. 나는 또 바퀴벌레라도 나와서 호들갑을 떠는 줄 알았다. 무슨 벌레 같은 것이 등장하면 그걸 잡는 것은 언제나 내 몫이었다.

벌떡 일어나 부엌으로 달려가니, 아내는 물방울이 뚝뚝

떨어지는 미나리 한 잎을 내 앞으로 쑥 내밀었다.

"아니, 이 생미나리를 날 보고 씹어 먹으라는 거요, 뭐요?"

"그게 아니니까 자세히 좀 봐요."

미나리 잎을 받아들고 들여다보니, 푸른 잎사귀 끝에 애기 손톱만 한 달팽이 한 마리가 매달려 있었다. 아내가 명령하듯 말했다.

"지금 곧 아침산책 나갈 거지요? 요 꼬마달팽이 좀 풀숲에 놔주고 오세요."

외출복으로 갈아입은 나는, 꼬마달팽이가 매달린 미나리 잎을 들고 20분 거리에 있는 토지문학공원 숲을 향해 걸어갔다.

내 뒤통수에 대고 "잘 모시고 가세요!" 하는 아내의 말을 명심하고 걸어가면서, 나는 속으로 우쭐해져서 중얼거렸다.

'그래, 오늘 나는 생명을 나르는 수레야!'

🔺 🔺 🔺

한 가슴에 난 상처를 치료해 줄 수 있다면,

난 헛되이 산 것이 아니리라.

한 인생의 아픔을 달래 줄 수 있다면,

한 고통을 위로할 수 있다면,

기운을 잃은 한 마리의 개똥지빠귀를

둥지에 데려다 줄 수 있다면,

난 헛되이 산 것이 아니리라.

—에밀리 디킨슨의 「짧은 노래」

까치와 누렁이

　요즘에는 시끄러운 까치 소리에 새벽잠이 깬다. 잠이 깨어 문을 열고 마당에 나가 보면, 밤꽃이 막 피기 시작하는 밤나무 가지 위에 까치들이 서너 마리씩 앉아서 깍, 까악! 시끄럽게 지저귄다.

　밤나무 가지에 앉아 있는 까치들은 아래를 내려다보고 있다. 아래에는 집에서 기르는 누렁이와 그 옆에 개밥그릇이 놓여 있는데, 시방 까치들은 그 밥그릇을 내려다보고 있는 것이다. 그리고 인적이 없으면, 순식간에 개밥그릇 있는 데로 내려와서 국수 가닥이든 밥알이든 마구 쪼아 먹는다.

　누렁이는 까치들이 제 먹이를 쪼아 먹든 말든 마당에 옆으로 누워, 때로는 눈을 지그시 감고 있거나 때로는 눈을 뜨고 있으면서도 까치들이 제 먹을 것을 쪼아 먹도록 그대로 내버려 둔다.

하지만, 쌀 한 톨도 귀히 여기시는 노모는 까치들이 마당에 와 있는 것을 보면, '휘이! 휘어이!' 하고 소리쳐 즉시 까치들을 쫓아 보낸다. 노모에게 쫓김을 당해 뒷산으로 날아갔던 까치들은, 마당에 사람의 모습이 보이지 않으면 금세 푸드득 날아와서 밥그릇 곁에 내려앉는다.

나는 꽤 여러 날 이런 광경을 보아온 터, 이젠 까치들이 마당에 와서 개밥그릇 곁에 있으면, 아예 내가 자리를 피해 까치들이 맘 놓고 먹게 내버려 둔다.

밥그릇의 주인이 그 속에 담긴 것을 제 것이라고 주장하지 않고 너그러이 나눔을 베푸는데, 내가 나서는 것은 밥그릇 주인의 권리를 침해하는 것이 아니겠는가. 또한 그런 나눔의 모습이 참 보기 좋은 풍경이기 때문이다.

◢◣　◢◣　◢◣

개와 까치의 다정한 공생共生,

그 틈에 나도 끼고 싶다.

밤과 낮

한 랍비가 제자들을 모아 놓고 물었다.

"밤이 끝나고 낮이 시작되는 정확한 순간을 어떻게 알아낼 수 있겠느냐?"

한 제자가 대답했다.

"멀리서 한 마리 동물을 보았을 때, 그것이 양인지 개인지 구별할 수 있을 때입니다."

랍비가 고개를 설레설레 흔들며 아니라고 했다. 다른 제자가 대답했다.

"멀리서 나무를 보았을 때, 그것이 무화과나무인지 복숭아나무인지 구별할 수 있을 때입니다."

역시 랍비는 고개를 흔들며 아니라고 했다. 제자들이 물었다.

"스승님, 그러면 대체 그것이 어느 때입니까?"

"한 이방인이 우리에게 다가오고 있을 때, 우리가 그를 형제로 받아들여 모든 갈등이 소멸되는 그 순간이 바로 밤이 끝나고 날이 밝는 순간이다."

히브리인의 삶의 지혜가 담긴 『탈무드』에 나오는 이야기이다.

∧　∧　∧

밝은 빛 아래 있으면서도 우리 삶의 커튼을 내려 두고 있으면,

여전히 밤이 지배하는 세계이다.

고통 받는 이웃을 보면서도

자비심의 햇살이 환하게 피어오르지 않는다면,

여전히 그의 삶은 캄캄한 밤이다.

커튼을 올리고 삶의 창을 열어 이웃과 더불어

신성한 사랑의 교감을 나눌 때,

비로소 삶의 먼동이 트고 존재의 새벽이 열린다.

영적인 사랑

　아시시Assisi의 성 프란체스코와 성녀 글라라는 서로 사랑했다. 그러나 수도원 사람들은 그들의 영적인 사랑을 이해하지 못하고 수군거렸다.

　수도원 바깥에는 차가운 겨울바람이 불고 있었다. 글라라를 배웅 나간 프란체스코는 말없이 눈에 덮여가는 길을 바라보았다. 마침내 글라라는 작별 인사를 하고 돌아섰다. 짧은 작별의 말 이외에 그들이 무슨 말을 할 수 있었겠는가?

　갑자기 글라라가 돌아서서 프란체스코에게 물었다.

　"언제, 우리가 다시 만날 수 있을까요?"

　이제 그들은 다시는 만나기 힘들다는 것을 잘 알고 있었

다. 프란체스코는 말없이 눈이 쌓인 산꼭대기를 바라보았
다. 그러고는 말했다.

"저 산에 눈이 녹고 꽃이 필 때쯤이면!"

그 말이 끝나자 갑자기 눈이 녹고 산자락에 꽃이 피었다.

니코스 카잔차키스의 소설 『성 프란체스코』에 나오는 전
설처럼 아름다운 이야기이다.

△　△　△

얼음장처럼 차가운 가슴을 녹이고,

훈훈한 인정人情의 꽃들을 피어나게 하는 힘,

그런 힘을 우리는 '사랑'이라고 부른다.

살아 있는 성전

지금은 고인이 된 후배 채희동 목사에게 들은 이야기이다.

당시 그는 온양의 한 가난한 교회를 섬기고 있었는데, 성전 건물이 너무 낡아서 헐고 다시 세우기로 교우들과 뜻을 모았다. 마침 그는 자기가 쓴 책을 출간하여 인세로 받은 돈 1,000만 원이 있어서 그걸 교회에 건축비로 헌금했다. 물론 당장 성전을 짓기에는 턱없이 부족한 돈이었지만, 그는 그 돈을 성전 건축을 위한 종자돈으로 생각했다.

그런데 그 무렵 새로 나온 교우 중, 형광등을 만드는 회사에 다니는 교우가 고관절이 망가져 고통 받고 있는 것을 알게 되었다. 걸을 수도 없을 지경으로 병세가 악화되어 있었지만, 병원비가 없어 수술받을 엄두도 내지 못하고 집에만 누워 있었다. 채 목사는 그 교우의 딱한 형편을 보고 이런 결심을 했다.

'성전을 짓는 일도 귀하지만, 살아 있는 하느님의 성전인 저 아픈 교우를 일으켜 세우는 것이 더 시급한 일이 아닐까. 그동안 모아진 헌금으로 먼저 교우를 살리고 보자!'

채 목사는 성전을 지으려던 돈을 가지고 고통 받는 교우를 찾아가 돈을 내놓으며 수술을 받으라고 했다. 교우는 처음엔 완곡히 거절했으나, 채 목사의 거듭된 설득과 진심 어린 마음을 알고 수술을 받기로 했다.

교우는 수술을 받은 며칠 뒤, 병실을 찾아온 채 목사에게 이런 가슴 아픈 고백을 하더란다. 사실은 목사가 찾아오던 날 밤에 자살을 하려 했었다고!

몇 년 뒤, 채 목사는 불의의 사고로 세상을 떠났지만, 그 부인인 이진영 목사가 채 목사의 숭고한 뜻을 받들어 그 교회를 섬기고 있다. 아직도 새 성전은 짓지 못하고, 여전히 그 낡은 성전에서!

⌃ ⌃ ⌃

눈앞에 살아 있는 성전을 돌볼 생각은 않고

화려한 건물을 세우기에만

혈안이 되어 있는 이들이 있다.

신의 자비에 눈먼 삯꾼들이다.

사람의 영혼이

신의 성전이라는 것을 아는 이들에게는

고통 받는 이웃이야말로

곧추세워야 할 성전에 다름 아니리라.

무지갯빛 까마귀

폴란드 출신의 작가 저지 코진스키의 소설 『무지갯빛 까마귀』에는 이런 의미심장한 이야기가 나온다.

숲에서 새를 잡아다가 파는 레흐라는 새 장수가 있는데, 그는 때로 삶의 욕망이 충족되지 않으면 아주 해괴한 짓을 했다. 숲에서 까마귀를 잡아와 날개에 갖가지 색깔의 페인트로 무지갯빛 칠을 한다. 그러고 나면 까마귀는 야생화를 묶은 꽃다발보다 더 알록달록한 무지갯빛 새로 변한다.

새 징수는 이 무지갯빛 새를 숲으로 가서 죽지 않을 만큼 모가지를 비튼다. 그러면 목이 비틀린 까마귀가 괴로워서 지르는 비명을 듣고 동료 까마귀들이 깍깍대며 모여든다. 이때 그는 무지갯빛 까마귀를 공중으로 날려 보낸다. 모여

든 까마귀들은 날아오른 이상한 빛깔의 새를 바라보며 그
주위를 선회하다가 일제히 달려들어 공격한다.

　무리에 섞이고 싶어하던 무지갯빛 까마귀는 결국 동료 까
마귀들의 쪼임을 받고, 피투성이가 되어 떨어져 죽고 만다.

　　　　　∧　　∧　　∧

　지구별 위에 살아가는 우리의
　삶의 빛깔은 얼마나 다채로운가.
　그대와 피부나 성性이 다르다고,
　생각과 이념, 국적이 다르다고,
　종교가 다르다고
　배척하거나 핍박하지 말고
　너그러운 가슴을 열어 품어 안으라.

황금 자루

메카Mecca의 한 이발사에 관한 아름다운 이야기다.

그 이발사는 마침 어느 부자를 면도하는 중이었다. 이때, 한 뜨내기 탁발승이 이발소로 불쑥 들어서더니 면도를 해달 라고 부탁했다.

이발사는 군말 없이 부자를 버려두고, 탁발승의 텁수룩한 수염을 깎아 주었다. 그러고는 이발 요금을 받는 대신 오히 려 돈을 꺼내어 탁발승의 손에 쥐어 주었다.

탁발승은 속으로, '오늘 동냥하여 얻은 것이 있으면 그 것이 얼마이든 몽땅 이발사에게 주어야겠다' 하고 마음먹 었다. 얼마 안 있어 어떤 사람이 그에게 다가오더니 황금이 그득 담긴 자루를 주고 갔다.

탁발승은 서둘러 이발소로 가서 황금 자루를 이발사에게 건네주었다.

그러자 이발사가 말했다.

"신을 위해 한 일에 대해 대가를 지불하려 하다니, 당신은 부끄럽지도 않소?"

ⵝ　ⵝ　ⵝ

타인이 베푸는 호의를

기쁨으로 받을 줄 아는 사람이 있다.

주는 이와 받는 자신이

둘이 아니라 하나임을 자각하고 있기 때문이다.

값없이 주는 선물을 값으로 계산하여

갚으려는 딱한 사람도 있다.

자신이 사랑의 옷감으로 짜여진

우주를 살아가는 한 생명임을 모르기 때문이다.

보이지 않는 책

　노자의 『도덕경』을 읽고 깊은 감동을 받은 일본의 한 스님이, 그 책을 일본어로 번역하여 출간하겠다는 간절한 마음을 내었다.

　그가 『도덕경』을 번역하고 인쇄하는 데 필요한 경비를 모으기까지는 꼬박 십 년이라는 세월이 걸렸다. 그런데 그 무렵, 나라에 역병이 창궐했다. 스님은 애써 모은 돈을 역병에 걸려 고생하는 사람들에게 쓰고 다시 돈을 모으기 시작했다.

　다시 십 년 세월이 흐른 후 책을 인쇄하려고 하자, 이번에는 지진이 일어나 오갈 데 없는 사람들이 도처에 생겨났다. 스님은 집 잃은 사람들이 다시 집을 지을 수 있도록 애써 모은 돈을 기부했다.

그리고 그는 다시 십 년 동안 돈을 모아 그 간절한 소원을 이루었고, 드디어 일본인들은 『도덕경』을 읽을 수 있게 되었다.

어떤 현자는 이 이야기를 들려주며, 그 스님은 『도덕경』을 세 권 펴냈다고 한다. 두 권은 보이지 않는 책이고, 한 권은 보이는 책이라는 것이다.

ᐱ　ᐱ　ᐱ

그대의 서가에는 보이는 책 말고
보이지 않는 책이 몇 권이나 꽂혀 있는가.
보이는 책이 아무리 귀해도 그것은
보이지 않는 책, 타인에 대한 자비로 이루어진
책들이 있어야 함을 가리키는 표지가 아닐까.

은수자의 눈물

오래전 한 은수자隱修者가 푸른 숲 속에 살았다. 그는 순진무구한 정신과 맑은 심성을 지닌 사람이었다. 숲 속의 동물들과 하늘의 새들도 짝을 지어 찾아와서 그의 이야기에 취해 있곤 했다.

어느 날 저녁, 그가 사랑에 대해 말하고 있을 때 표범이 머리를 들며 물었다.

"당신은 우리에게 사랑에 대하여 말씀하십니다. 그런데 선생님의 동반자는 어디 계신지요?"

은수자가 대답했다.

"나에게는 동반자가 없소."

그러자 은수자의 주위에 모여 있던 짐승과 새들이 여기

저기서 수군거리기 시작했다.

"자신의 체험도 없이 어떻게 우리에게 사랑에 대해 이야기할 수 있단 말인가?"

그리고 짐승과 새의 무리들은 은수자를 그곳에 홀로 남겨둔 채 조용히 떠났다. 그날, 은수자는 무릎에 얼굴을 파묻고 비통하게 울면서 가슴을 쳤다.

＾　＾　＾

때로 영적 교사를 자처하는 이들이
인류를 사랑하라고 떠벌리지만,
그런 추상적 사랑은 박제된 새와 다를 바 없다.
박제된 새는 살아 있는 새의 모습을 간직하고 있지만,
고통도 느끼지 못하고
푸른 자유의 창공으로 날아오르지도 못한다.
진정한 사랑은 날개 꺾인 고통으로 울부짖는
한 사람 곁에 같이 있어 주는 것이고,
한 사람 곁에서 같이 울어 주는 것이고,
그러고도 여력이 있으면 그를 도와
푸른 자유의 창공으로 함께 날아오르는 것이다.

구걸자

어떤 거지가 시골길에서 이 집 저 집으로 구걸하면서 다녔다. 그때 황금마차 한 대가 화려한 꿈같이 멀리서 나타났다. 거지는 이 왕 중의 왕이 누구신가 하고 자신의 눈을 의심했다. 거지는 문득 희망에 부풀어 올라서, 이제 모든 고생이 끝날지도 모른다고 생각했다.

황금마차는 거지가 서 있는 곳에 와서 멈춰 섰다. 마차에 타고 있는 금빛 찬란한 옷을 입은 임금님의 눈동자가 거지의 눈동자와 마주쳤고, 임금님이 웃으면서 마차에서 내려왔다. 거지는 자기 생애에 드디어 행운이 찾아왔다고 느꼈다.

그 순간, 마차에서 내려선 임금님이 별안간 오른손을 내

밀며 말했다.

"너는 내게 무엇을 주려느냐?"

거지는 이런 상황을 이해할 수 없었다. 임금님이 거지에게 무얼 달라고 손을 내밀다니! 거지는 당황해서 어쩔 줄을 모르고 서 있다가, 때가 꼬질꼬질한 자기 손지갑을 열어 제일 작은 낟알 하나를 꺼내어 임금님에게 바쳤다. 임금님은 그것을 받더니 다시 마차를 타고 사라졌다.

곧 날이 저물었다. 그는 움막으로 돌아와 자기 전대를 풀어 마룻바닥에 쏟았다. 온종일 그가 구걸한 초라한 무더기 속에 작은 금싸라기 한 알이 반짝였다.

그 순간 거지는 깨달았다. 바로 자기가 황금마차를 탄 임금님에게 바친 작은 낟알이 변해서 금싸라기가 되었다는 것을.

그는 후회의 눈물을 쏟으며 탄식했다.

"내가 임금님께 모든 것을 바칠 마음을 가졌더라면 얼마나 좋았을꼬!"

인도의 시성 타고르의 『기탄잘리』에 나오는 아름다운 이야기다.

자기 소유를 남에게 풀어줘 본 적이 없는 사람은
우리 삶을 추동하는 에너지가
끊임없이 흐르는 것이라는
우주의 법칙을 알지 못한다.
우리가 이 세계에서 부와 풍요를 누리려면
내가 가진 것을 움켜쥐려고만 하지 말고
흐르게 해야 한다.

정신병자

어느 정신병원의 정원에서 나는 한 청년을 만났다. 청년의 얼굴은 창백했지만, 미남형의 사랑스런 모습을 지니고 있었다.

나는 그가 앉아 있는 벤치 옆으로 가서 조심스레 물었다.

"자네는 왜 이곳에 와 있는가?"

그는 놀란 표정으로 나를 바라보더니 대답했다.

"좀 모순된 질문이긴 하지만 답변해 드리지요. 아버지는 나를 통해 자신을 재현하려 했고, 어머니는 저명한 외할아버지를 닮길 원했어요. 누이는 선원인 자기 남편처럼 되기를 바랬고, 형은 멋진 운동선수인 자기처럼 되라고 했죠. 그리고 학교 선생님들은 자기들이 되기를 바랬던 철학자나 예술가가 되기를 강요했지요. 그래서 이곳에 온 겁니다. 나는 여기서야 비로소 온전한 정신이 들었어요. 적어도 내 자신이 될 수 있으니까요."

그러더니 갑자기 나를 향해 돌아서며 말했다.

"당신 역시 교육이나 조언에 못 견뎌 이곳에 온 건가요?"

"아니오, 난 방문객일 뿐이오."

그러자 그가 말했다.

"아, 낭신은 남 저쪽 정신병원에 있는 사람들 중의 한 명이군요."

시인 칼릴 지브란의 명상록 중에 나오는 이야기다.

▲　▲　▲

누가 광인狂人인가.

신이 허락한 그대 고유의 생을 살지 못하면

그대는 담 저쪽에 있는 광인이 된다!

나무들의 결혼

나는 독서모임 식구들과 사찰 순례를 하고 있었다. 독서
모임 식구들은 대부분 기독교인들이었다. 우리가 한가롭게
불교 사찰 순례를 나선 것은, 이웃 종교를 좀 더 깊이 이해
하려는 뜻도 있었다.

우리는 백담사를 들러 하룻밤을 자고 이튿날 오전에는 설
악산에 있는 신흥사로 향했다. 사찰에 도착해 젊은 스님의
방에서 차를 얻어 마시며 이러저런 이야기를 나눈 뒤, 이슬
비를 맞으며 뒷산을 천천히 거닐었다.

평소에는 관광객으로 붐볐지만, 비가 내려서 그런지 사람
들의 발길이 뜸했다. 나뭇가지들이 거의 하늘을 가린 호젓
한 숲길로 접어들었는데, 우리 일행 중 한 사람이 기이한 일

이라며 소리쳤다.

"여기 두 나무가 이상하게 붙었네요!"

가까이 다가가 보니, 수령이 몇 십 년은 돼보이는 두 나무의 굵은 가지가 서로 붙어 있었다. 나무에 붙은 명찰을 보니, 한 나무는 만주고로쇠나무였고, 다른 나무는 신갈나무였다. 그걸 보던 젊은 목사님이 웃으며 말했다.

"나무들도 이렇게 더러 결혼을 한대요!"

나는 어디선가 이런 현상에 대해 읽었던 기억이 떠올라 대꾸했다.

"결혼? 그 말도 참 재미있네요. 그런데 이런 현상을 '연리지 현상'이라고 부르지요."

연리지 현상! 그렇다. 이어져서連 서로 통한理 가지枝라는 뜻이다. 나무에 상처가 생길 때, 나무는 두 그루가 꼭 붙어 버리는 경우가 더러 있다는 것이다.

이렇게 연리지 현상으로 두 나무가 붙어 버리면 절대로 떨어지지 않는다. 더욱 신기한 것은 한쪽 나무에 병충해가 있게 될 경우에 다른 나무가 그 나무에 영양분을 나눠줘 그 병을 이기게 한다.

또 한 몸이지만, 각각의 성격은 잃어버리지 않는다. 붉은 꽃을 피웠으면 붉은 꽃을, 흰 꽃을 피웠으면 흰 꽃을 피우

는데, 이처럼 자신의 특성을 유지하면서 서로에게 힘을 북
돋아 준다고 한다.

내 얘기를 듣고 난 다른 목사님이 놀랍다는 눈빛으로 말
했다.

"우리 이 두 나무의 결혼을 축하하는 뜻으로 여기서 사
진이나 박고 갑시다!"

⋀   ⋀   ⋀

이어져서 서로 통하는 존재와 존재의 결합!

이런 아름다운 결합이야말로

거룩한 혼인神聖婚이라 부를 수 있으리.

서로의 상처를 감싸주지 못하고,

결혼과 이혼을 밥 먹듯 되풀이하는 사람들아,

한 몸이 되어 자라는 나무에게 가서 배우라!

여자의 뼈

한 성인이 제자들과 함께 사람들의 뼈가 산더미처럼 쌓인 곳을 지나가게 되었다. 무서운 전란이 휩쓸고 지나갔던 모양이다. 살아 있을 때 부귀영화를 누리던 사람, 고생하던 사람, 예쁜 사람, 미운 사람 등 숱한 사람의 뼈가 모여 있는 셈이었다.

문득 성인은 마른 뼈 무더기 앞에 자기 몸을 던져 공손히 절을 했다. 이 모습을 본 제자들이 물었다.

"아니, 숱한 사람이 존경하는 스승님께서 어찌 이 보잘 것없는 마른 뼈무덤에 절을 올리십니까?"

"이 한 무더기의 뼈는 나의 전생의 오랜 조상이거나, 부모님의 뼈일 수도 있기에 내가 지금 절을 한 것이다. 그건 그렇고, 너희 중 누가 여기서 여자의 뼈를 가려 낼 수 있겠느냐?"

제자들은 어리둥절한 모습으로 서로 얼굴만 쳐다보았다. 이때, 성인이 숱한 뼈들 가운데 하나를 골라 들고서 말했다.

"자, 이 뼈가 바로 여자의 것이다."

"스승님, 어찌 그것을 아십니까?"

"남자의 뼈는 희고, 여자의 뼈는 검고 가벼우니라. 여자의 삶을 생각해 보아라. 어려서는 여자이기에 남자보다 대접을 받지 못한다. 결혼하여 아기를 낳을 때마다 서 말 서 되나 되는 엉킨 피를 쏟고, 그렇게 태어난 아기를 키울 때 여덟 섬 너 말이나 되는 흰 젖을 먹이는 까닭으로 여자의 뼈는 검고 가벼우니라."

제자들은 성인의 이야기를 들으며 자기 어머니들의 고난에 찬 삶을 생각했다. 그리고 그 자리에 주저앉아 뜨거운 눈물을 흘렸다.

▲　▲　▲

뼈를 숭상하는 자손들의 손으로
명당에 묻히지 못하고 버려진 뼈 무더기.

뼈는 모두 같은 생의 잔해인 줄 알았는데,

눈 밝은 성인은 여자의 뼈를 가려내어

어머니의 사랑을 뼈아프게 일러준다.

자기 몸의 뼛골을 빼서

뼈를 주신 어머니의 극진한 사랑이야말로

내 존재의 뼈支柱라는 것을!

가면을 사랑한 청년

　미국 미네아폴리스에 살 때, 나는 한 청년을 만난 적이 있었다. 그는 7년 동안이나 한 처녀에게 구혼을 하고 있었다. 그가 나에게 말했다.

　"선생님, 그 처녀는 매우 아름답습니다. 저는 그녀 없이는 도저히 살 수가 없습니다."

　내가 대답했다.

　"그렇지만, 너는 그녀와 결혼하지 마라."

　내가 그들의 결혼에 반대한 것은, 사랑에 대한 청년의 생각이 성숙하지 않았다고 느꼈기 때문이었다.

　어느 날, 그는 아침 일찍 그 처녀를 찾아갔다. 그녀는 아직 화장을 하지 않고 있었다. 그가 화장하지 않은 그녀의 얼굴을 본 것은 처음이었다. 화장을 하지 않은 그녀의 얼굴은 추악해 보였고, 혐오감마저 느껴졌다. 그는 곧 발길을 돌려 새벽 6시 반쯤 나를 찾아왔다. 그때 나는 명상 중이었다.

"선생님, 들어가도 됩니까?"

나는 명상을 중단하고 그 청년을 방으로 들어오라고 했다. 내 방으로 들어온 그는 다짜고짜 이렇게 말했다.

"저는 그녀와 결혼하지 않을 겁니다. 그녀는 너무 추하더군요."

무려 7년 동안 처녀의 아름다움에 반해 칭송해 마지않던 그의 사랑이, 단 1초 만에 사라져 버린 것이었다.

내가 그에게 말했다.

"나는 네가 지닌 사랑의 깊이에 연민을 금할 수가 없구나. 너는 그녀 자신을 사랑한 게 아니라 그녀의 화장품만을 사랑했단 말이냐? 그렇다면 너는 차라리 화장품 회사로 들어가서 그 회사나 사랑하는 게 낫겠구나."

스와미 라마의 『행복한 삶의 기술』에 나와 있는 이야기이다.

우리가 가면을 사랑하면,

가면이 벗겨질 때

우리의 사랑도 사라져 버린다.

인간이 지닌 재물이든 보화든

또는 외모의 아름다움이든

그 가면에 도취되어 이끌리는 것은

진정한 사랑이 아닌 것을.

2

마음의 여유

캐모마일 차를 마시면서 저녁에 현관 앞에 앉아 개똥지빠귀의
고운 노래를 듣는다면 한결 인생이 즐거워질 텐데.

— 타사 튜더(1915~2008)

자궁 속의 대화

어머니의 자궁 안에서 자라는 이란성二卵性 쌍둥이가 이런 대화를 나누었다. 여동생이 먼저 오빠에게 말했다.

"난 말이지, 태어난 후에도 삶이 있다고 믿어."

오빠는 격렬하게 반대했다.

"절대 그렇지 않아. 여기가 전부라니까. 우리는 우리를 먹여 주고 살려 주는 탯줄만 잘 붙들고 있으면 딴 일을 할 필요가 없다고."

여동생도 굽히지 않았다.

"이 캄캄한 곳보다 더 좋은 곳이 있을 거야. 마음껏 움직일 수 있고, 환한 빛이 비치는 그런 곳 말이야. 그리고 난 또 엄마가 있다고 생각해."

쌍둥이 오빠가 화를 내며 말했다.

"무슨 뚱딴지같은 소리야? 난 엄마를 한 번도 본 적이 없어. 내가 말했잖아, 여기가 전부야. 엉뚱한 생각하지 말고 여기에서의 삶에 만족하라고."

여동생도 지지 않고 대꾸했다.

"아니야. 난 그렇게 생각 안 해. 분명히 이 캄캄한 곳보다 아름다운 곳, 엄마 얼굴을 볼 수 있는 곳이 있을 거야."

바보 같은 동생의 말에 질려 버린 오빠는 입을 다물고 말았다. 무시해 버리는 것이 최선의 길처럼 여겨졌기 때문이다.

헨리 뉴웬 신부의 『죽음, 가장 큰 선물』에 나오는 이야기이다.

▲　▲　▲

지구별에 사는 지금의 삶이 전부일까.
죽음에 대해, 죽음 너머에 대해 말하는 것은
터무니없는 것일 뿐일까.
경이롭고 신비로운 미지의 세계를 향한
설레는 가슴에 미리 철망을 두르지 말고
그대 자신을 활짝 열어 두라.

여행자

폴란드 태생의 랍비, 하페즈 하윔이 미국 뉴욕에 살고 있을 때였다.

한 여행자가 우연히 하페즈의 집을 방문했다. 명색이 유명한 랍비의 집이라는데 방도 하나밖에 없고, 그 방마저 책으로 가득 차 있는 것을 본 여행자는 무척 놀랐다. 가구래야 고작 탁자와 긴 의자 하나뿐이었다.

"랍비여, 나머지 가구들은 어디에 있습니까?"

이에 랍비 하페즈가 여행자에게 반문했다.

"그러면 당신의 가구는 어디에 있소?"

"제 가구요? 전 여행을 온 사람 아닙니까?"

그러자 랍비 하페즈가 말했다.

"허허, 나 역시 마찬가지요. 나도 이곳에 여행을 온 사람일 뿐이오!"

『나와 너』라는 책을 쓴 유대철학자 마틴 부버가 들려주는 이야기이다.

▲　▲　▲

홀연히 떠나야 할 순간이 다가오면

홀가분히 떠날 수 있도록

그대의 삶을 항상 가볍게 하라.

항아리 속의 달

아와디 커만이라는 시인이 문 앞에 쭈그리고 앉아서 항아리 속을 들여다보고 있었다. 그때 마침, 위대한 신비가인 타브리지란 사람이 그 앞을 지나가다가 그 시인의 행동을 보고는 이상하게 여겨 물어보았다.

"자네, 지금 뭘 하나?"

"물 항아리 속의 달을 바라보고 있습니다."

이때 타브리지가 미친 듯이 웃음을 터뜨렸다. 시인은 기분이 꺼림칙해졌고, 그사이 주위엔 사람들이 몰려들었다.

시인이 물었다.

"무슨 일입니까? 당신은 왜 그렇게 웃으며 저를 조롱합니까?"

타브리지가 웃음을 그치고 정색을 하며 말했다.

"딱한 사람아, 자네 목이 부러지지 않았다면, 왜 곧장 하늘의 달을 쳐다보지 않는가?"

오쇼 라즈니쉬의 우화집에 나오는 이야기이다.

∧ ∧ ∧

거울 속에 비친 모습이 아무리 아름다워도,

거울 속에 비친 그것은 실재實在가 아니다.

우리가 남들의 평판에 울고 웃는 것도,

실재의 반영을 실재로 여기는 어리석음이다.

아직도 거울에 비친 아름다움에 도취해 있다면,

거울을 부수고 그대 자신과 직면하라.

낙법 배우기

    필립 시먼스라는 미국 작가의 『낙법 배우기Learning to fall』란 책이 있다.

    이 책은 작가가 루게릭이라는 불치병에 걸려 죽어가면서 쓴 뛰어난 에세이집이다. 그가 말하는 '낙법'이란, 쇠잔해져 가는 육체의 고통과 늙음과 죽음을 향해서도 기꺼이 떨어지겠다는 태도를 말한다. 그는 고통과 늙음과 죽음을 향해 나아가는 것도 인간의 신성한 의무라고 여긴다.

    그는 자신의 이런 생각을 설명하기 위해 다음과 같은 인디언의 전설을 들려준다.

    거북이 한 마리가 어느 날 숲 속을 걷고 있는데, 남쪽으로 가겠다고 떠들어 대는 새 떼를 만났다. 호기심이 동한 거북은 자기도 데려가 달라고 새 떼에게 부탁했다.

새 두 마리가 막대기의 양쪽 끝을 발로 움켜잡고, 거북은 힘센 턱으로 그 막대기를 단단히 물었다. 새들은 거북을 들어 올려 숲 위로 날아올랐다.

생전 처음 하늘을 날며 황홀해진 거북은 새들이 그 모든 것을 설명해 주기를 원했다. 거북은 새들의 주의를 끌기 위해 팔다리를 흔들어 댔지만, 새들은 전혀 알아차리지 못하고 거북의 머리 위에서 자기네 관심사만 이야기했다.

마침내 더 이상 참을 수 없게 된 거북은, 눈 아래 보이는 광경이 도대체 뭐냐고 물어보기 위해 입을 벌렸다. 그것은 물론 실수였다.

그 순간 거북은 저 밑에 있던 숲이 자기를 마중하러 쏜살같이 올라오는 것을 깨달았다. 거북은 머리와 두 팔과 두 다리를 움츠려 등딱지 속으로 끌어들이고 땅에 떨어졌다. 등딱지가 땅바닥에 정통으로 부딪쳤다. 등딱지가 좍좍 갈라졌다.

하지만 거북은 운이 좋았다. 연못 근처에 떨어졌기 때문이다. 거북은 멍들고 아픈 몸을 질질 끌고 차가운 물속으로 들어간 다음, 바닥의 진흙에 굴을 파고 들어가 봄까지 잠을 잤다.

오늘날까지도 거북은 자기가 새가 아니라는 사실을 상기시키기 위해 그 금을 지니고 있다.

거북의 갈라진 등딱지에 대한 인디언의 전설을 소개하고 나서, 필립 시먼스는 이렇게 덧붙인다.

"우리는 천사가 아니라 인간이라는 사실을 상기시키기 위해 차츰 쇠약해지는 전설적인 육체를 지니고 있다."

살아 있는 모든 꽃들은 시들어 떨어진다.
플라스틱 꽃만이 시들지도 않고 죽지도 않는 법.
후두두둑 떨어지는 봄날의 꽃잎들을 보면 눈물겹지만,
그 떨어지는 낙화落花를 보며
늙음과 병듦과 죽음을 향해 떨어지는
낙법落法의 지혜를 배우지 못한다면
어찌 인생을 안다고 할까.

아침 산책

　서기 79년 8월 24일, 폭군 네로 황제의 폭정이 막을 내리고 11년 후 신의 대리자인 베수비오 화산이 불을 뿜었다.
　사치와 향락의 도시, 폼페이는 지구상에서 영원히 사라져 버린 것이다.
　바로 그날 아침, 불을 뿜는 화산에 혼비백산한 사람들은 평소 자기가 아끼던 것들을 들고 무섭게 다가오는 화산을 피해 도망치기 시작했다. 그들의 손에는 보석, 돈궤, 재산 문서, 경전 등 귀중한 것들이 들려 있었다. 그런데 한 사람만이 아무것도 가지지 않은 채 단지 지팡이 하나만을 들고 산책을 나서는 것이었다.
　사람들의 아우성 속에서 누군가가 그에게 물었다.

"당신은 왜 아무것도 가지고 가지 않습니까? 벌써 당신의 재산이 모두 다 타버렸습니까?"

그 사람이 미소를 지으며 대답했다.

"아니오, 나는 늘 이 시간에 산책을 한다오. 나는 내가 가진 모든 것을 이미 가졌소. 당신들에게 환란은 위기이지만, 내게는 여전히 아침 산책 시간일 뿐이오."

생의 환란이 닥칠 때, 그 존재의 깊이가 드러난다.
모두가 두려움으로 아우성치는 삶의 위기 가운데서
대체 누가 한가로운 아침 산책을 즐길 수 있겠는가.
자기가 돌아갈 근원을 자각하고,
그 근원이신 분에 대한 불굴의 신뢰를 지닌 자!

인간의 줄무늬

　인도 북부의 라다크인들의 삶을 그린, 헬레나 노르베리
호지가 쓴 『오래된 미래』에는 이런 이야기가 나온다.

　어느 날 작가는 라다크인들의 결혼 관습이 궁금해서, 오
빠가 결혼한 지 얼마 되지 않은 한 젊은 여인에게 물었다.

　"중매결혼이었나요?"

　"그래요. 오빠가 그걸 원했어요."

　"아내를 선택할 때 사람들이 찾는 특별한 자질이 있나
요?"

　"글쎄요. 무엇보다도 사람들과 잘 지내고 공정하고 관대
해야지요."

　"다른 것은 무엇이 중요합니까?"

"솜씨가 좋으면 좋지요. 게으르지 말아야 하구요."

"예쁜지 그렇지 않은지는 문제가 되지 않나요?"

"별로 그렇지 않아요. 문제가 되는 것은 내면內面이 어떤가 하는 것이지요. 여자의 성품이 더 중요하단 말이지요. 우리 라다크에는 이런 속담이 전해져 오지요. '호랑이의 줄무늬는 밖에 있고 인간의 줄무늬는 안에 있다!'"

나는 박제된 아름다운 공작새보다는
하늘을 날아다니는 참새를 더 좋아한다.
나는 명품으로 주렁주렁 치장한 사람보다는
그 존재의 됨됨이가 명품인 사람을 더 좋아한다.
오늘 우리는 화려하게 겉을 꾸미기에 여념이 없는,
인간의 존엄을 팽개쳐 버린 세상을 살고 있다.
가난해도 내면의 부요를 누릴 줄 아는
아름다운 눈을 어떻게 지닐 수 있을까.

마음의 속도

어떤 신부님이 궂은비가 오기 시작하는 매섭고 추운 겨울에 히말라야 산으로 가고 있었다.

한 여인숙 주인이 그에게 물었다.

"신부님, 이렇게 궂은 날씨에 무슨 수로 거기까지 가실 수 있겠어요?"

노신부는 쾌활한 목소리로 대답했다.

"내 마음이 먼저 거기 다다랐다오. 그래서 내 나머지는 따라가기만 하면 되니 얼마나 쉽소."

그대의 마음을

담담한 세계에 노닐게 하고

사사로운 욕심에서 벗어나면

그대가 하는 일이 쉬워진다.

달빛 빗장

　얼마 전, 대학에서 가르치는 친구 두 사람을 만나서 차를
마시며 한가롭게 세상 돌아가는 얘기를 나누고 있었다.
　그러다가 산 속에 깊이 칩거하고 사는 어느 여승에 대한
얘기가 화제의 중심이 되었는데, 시를 쓰는 친구 교수가 종
이를 꺼내서 『장자莊子』에 나오는 글귀라며 적어 주었다.

　小人閑閑 소인한한

　大人閒閒 대인한한

　풀어보면, 소인은 나무 빗장을 걸어 닫고서 한가로움을
누리고, 대인은 달빛으로 빗장을 삼고 한가로움을 누린다

는 뜻이다.

　나무 빗장을 사용하는 소인은 바깥으로 걸어 닫고서야
평안해하니 아직은 온전히 한가로움을 누리는 것이라 할
수 없고, 무릇 달빛으로 빗장을 삼는 대인은 그가 세속에
있든 산 속에 있든 어떠한 것에도 걸림이 없이 한가로움을
누린다는 말이 아니겠는가.

　　　　　ᐱ　ᐱ　ᐱ

　하늘은 자기가 아끼는 이에게나
　한가로움을 선물로 내린다고 하던가.
　아무 데도 걸림이 없는 한가로운 사람閒人은
　공동묘지에나 가야 찾아볼 수 있을지?

스님이 웬 은장도를?

지난여름 뜬구름처럼 떠돌며 사시는 친구 스님이 불쑥 찾아오셨다. 마침 점심때라 가까운 식당으로 모시고 갔다. 날씨가 더운지라 스님도 참지 못하고 저고리를 훌떡 벗었는데, 이런! 스님의 허리춤에 은장도銀粧刀 하나가 매달려 달랑거리는 것이 아닌가.

나는 문득 놀라서 스님에게 물었다.

"아니, 스님이 웬 은장도를?"

스님이 빙긋 웃으시며 대답하셨다.

"내가 양심을 속이는 짓을 했을 땐 가차 없이 날 찌르려고!"

그러니까 그것은 일종의 계도戒刀였다. 그동안 말로는 더러 들어 왔으나, 계도를 차고 있는 것을 본 것은 처음이었다.

"스님보다는 내가 더 속 다르고 겉 다른 인간이니, 그거 날 주시오!"

"하하, 내가 보기엔 안 그런데?"

이렇게 말씀은 하셨지만, 스님은 허리춤에 찬 은장도를 풀어 나에게 선뜻 건네주셨다.

그날부터 나는 스님이 건네준 은장도를 허리춤에 차고 다니는데, 내 깜냥에 그걸로 날 찌르지는 못하고, 여행 중에 과일이나 썩썩 깎아먹을 뿐이다. 그리고 내 마음의 날이 무디어질 때마다 그 계도를 꺼내보곤 한다.

전쟁에서 수천 명의 적을 혼자 싸워 이길지라도
자신을 이기는 사람이야말로
용감한 전사 가운데 최고의 전사이다.
　—『법구경』에서

물의 속삭임

　풍광이 수려한 어느 수도원 앞에 맑은 시냇물이 흘러가고 있었다. 늙은 수도원장은 제자들과 함께 색동옷처럼 곱게 물든 단풍잎이 떨어져 수북이 덮인 시냇가에 나와 담소를 즐기고 있었다.

　한 제자가 늙은 수도원장에게 어떻게 하면 도道를 터득할 수 있는지 묻자, 스승이 흘러가는 시냇물을 가리키며 제자에게 되물었다.

　"저 소살소살 흘러가는 물의 속삭임이 들리느냐?"

　"네."

　"그것이 바로 도를 터득하는 빼어난 길이라네."

그대 내면의 어둠과 소란을 널름 삼킨

저 환한 물의 혓바닥,

저 환한 생명의 리듬 속으로 성큼 들어가라!

머리가 가슴을 방해하지 못하게 하라

목련이 뚝뚝 떨어지던 지난봄 어느 날, 나는 인생의 황혼에 접어든 한 선배를 만났다.

그는 머리칼도 더 희끗희끗해지고 1년 전에 비해 무척 수척해 있었다.

"어디 편찮으셨어요?"

"두 달 전쯤 수술했어."

선배는 머릿속에 물혹이 생겨서 그것을 제거하는 뇌수술을 받았다고 했다. 수술 경위를 소상히 이야기한 선배는, 자기가 뇌수술까지 받게 된 것이 잘못 살아온 삶의 방식 때문인 것 같다고 했다.

선배가 그것을 깨달은 것은, 퇴원 수속을 밟으려고 담당

의사를 만났을 때였다고 한다.

"목사님, 왜 그렇게 머리를 많이 쓰고 사셨어요?"

의사의 말에 선배가 되물었다.

"네? 머리를 많이 쓰다니요?"

"목사님처럼 뇌 속에 물혹이 생기는 경우는 아주 드문데, 이 물혹은 가슴을 잘 쓰지 않고 머리를 많이 쓰는 사람에게 생긴다는 의학계의 연구 보고가 있답니다. 목사님, 앞으로는 가슴을 많이 사용하고 사십시오."

선배는 이와 같은 의사의 충고를 듣고 무척 부끄러웠다고 한다. 선배는 본래 머리가 명석하고 논리적인 사람이다. 일상적인 대화에서도 선배는 지나치리만큼 논리적이고 타산적이다. 그동안 여러 차례 선배를 만났지만 봄바람처럼 훈훈한 느낌을 받았던 적은 거의 없었다.

아무튼 선배는 잘못 살아온 자신의 지난 삶을 뉘우치며 인생을 새롭게 살고 싶다고 했다.

"앞으론 가슴으로 살고 싶어. 시도 읽고, 젊은 시절에 취미 삼아 했던 사진도 찍으러 다니고……."

"선배, 잘 생각하셨어요. 할 수 있으면 가슴 뜨거운 연애도 좀 하시죠."

성직자인 선배에게 연애라도 하란 말은 얼토당토않은 말

이지만, 사람의 가슴에서 무언가 샘솟지 않는 삶이란, 죽음
과 무엇이 다르겠는가.

그대의 머리가
그대의 가슴을 방해하지 못하게 하라.
─영화 〈아이큐〉에서

포대화상

중국에 유명한 선승禪僧이 있었다.

그는 항상 큰 포대자루를 짊어지고 다녔기 때문에 사람들이 그를 '포대화상'이라고 불렀다. 그는 큰 포대 속에 장난감, 과자, 엿 등을 가득히 넣고는 마을을 돌면서 아이들에게 나누어 주었다.

어느 날, 한 사람이 포대화상에게 불만을 토로했다.

"스님! 우리는 스님이 매우 높은 깨달음에 도달하신 분이라고 들었습니다. 하지만 그와 같은 장난스런 행동은 도저히 이해할 수가 없습니다. 어찌 귀중한 시간을 아이들과 노는 데 허비하십니까. 정말 스님이 선에 통달하셨다면 저희들에게 '선禪의 진수'를 보여 주십시오."

이 말이 끝나기가 무섭게 포대화상은 자신의 어깨에 짊어지고 있던 포대를 땅바닥에다 쿵 소리가 나도록 내려놓으며 소리쳤다.

"이것일세! 이것이 바로 선의 진수일세."

그들은 무슨 뜻인지도 모르고 어안이 벙벙하여 서로 얼굴만 쳐다보고 있자, 포대화상이 다시 입을 열어 말했다.

"이것이 내가 보여주고자 하는 전부일세. 내가 짐을 내려놓았듯이 그대들도 자신의 짐을 벗도록 하게."

그들이 다시 물었다.

"그러면 그 다음에는 무엇을 해야 합니까?"

그러자 포대화상은 아무 말 없이 포대를 후다닥 걸머지고는 발걸음을 내디디면서 말했다.

"이것이 바로 그 다음의 일일세. 지금 나는 짐을 짊어지고 있는 게 아닐세. 나는 이 짐이 나의 짐이 아니라는 것을 알고 있네. 이제 나에게 이 세상의 모든 짐들은 단지 어린 아이들을 위한 장난감이 되어 버렸네."

천진한 아이들과 깨달은 이의 공통점은

97

세상을 '신의 놀이터'로 여긴다는 점이다.

그들에겐 세상 사람들이 귀하게 여기는

금화나 명성, 권력, 온갖 소유도

신명난 놀이를 위한 장난감일 뿐이다.

모름지기 종교란 삶의 무거움을

가벼움으로 바꾸는 예술이니,

숱한 집착의 무거운 멍에를 벗고

가볍게 날아오르기를 연습하라!

암도 내 몸인데

내가 사는 집 거실에는 무위당無爲堂 장일순 선생께서 그려주신 묵화 한 점이 걸려 있다.

天地與我同根 하늘땅은 나와 같은 뿌리이며
萬物與我一體 우주 만물은 나와 한 몸이다.

화제로 써 주신 글귀다. 이 글을 바라보노라면 선생께서 말년에 암癌으로 투병하시면서 병상에서 하신 말씀이 떠오른다.

"암도 내 몸인데, 잘 모셔야지!"

'너와 나' 라는 분별을 넘어서야 깨닫는 경지라지.

우주 만물이 나와 떼려야 뗄 수 없는 한 몸이라는 것.

거울 속의 박새

춘천에 사는 친구 목사가 들려주었다.

뜰이 있는 사택 바깥벽에 거울이 하나 걸려 있었다. 어느 날, 드르륵 문을 열고 나가는데, 조그만 박새 두 마리가 거울에 매달리려 애쓰며 주둥이로 거울을 쪼고 있었다.

"별 일도 다 있군!"

문에 몸을 찰싹 붙이고 거동을 지켜보는데, 거울을 쪼던 새들이 인기척을 느꼈는지 포르릉 날아올라 뜰 밖으로 사라졌다.

얼른 다가가서 거울 속을 들여다보니 거울 속엔 뜰에 선 후박나무가 비치었다. 둥글넓적한 잎사귀며 나뭇가지들이 선명하게 비치었다.

"저런, 어리석은 것들! 거울 속의 쌩쌩한 헛것에 속았군!"

∧ ∧ ∧

하지만, 얼마나 어여쁜가?

아무리 거울 속의 헛것이라지만

나무에 깃들여 둥지 틀려 한 어여쁜 새들!

신의 놀이마당

어떤 위대한 스승이 힌두 개념을 가져다 써서 만물은 '리일라(신의 놀이)'라고 했다. 그리고 우주는 신의 놀이마당이며 영성의 목적은 모든 삶을 놀이로 삼는 것이라고.

그런데 스승의 이런 말이 한 청교도인이 듣기에는 너무 경박해 보였다.

"그러면, 일을 할 데란 없는 것입니까?"

스승이 빙그레 웃으며 대답했다.

"물론 있지요. 하지만 일이 영성적인 것이 되는 것은, 오로지 그것이 놀이로 변형될 때이지요."

얼굴에 '내 천川'자를 그리며 신에 대해, 또는 삶에 대해

심각한 표정으로 거품을 무는 자는 아직 영성에서 멀다.

그런 이는 모든 일을 즐거운 놀이로 만드는

어린이들의 놀이터로 가서 보고 배우라.

고놈! 이빨 하나는 희구나

날씨가 푹푹 찌는 어느 여름날, 길가에 죽은 개 한 마리
가 널브러져 있었다.

왕파리 떼가 썩은 개의 사체에 왕왕거리며 달라붙고 있
었다. 사람들은 모두 더럽다고 침을 뱉거나 고개를 설레설
레 흔들며 지나갔다.

그 때, 수염은 텁수룩하지만 눈에서 광채가 나는 한 사람
이 한참동안 개의 사체 앞에 쭈그리고 앉아 들여다보더니,
다른 이들과는 달리, 씩 웃으며 말했다.

"고놈! 이빨 하나는 희구나."

이렇게 말한 이가 바로 청년 예수였다고 아랍 민담은 전
해주고 있다.

자욱한 안개가 걷히면 청산青山이 나타나듯이
눈을 덮은 고정관념의 비늘이 벗겨지면
만물이 새로운 빛깔로 반짝인다.
마음눈이 열려 사물의 이면까지 꿰뚫어볼 수 있으면
시詩를 꽃 피울 수 있을 것이요,
영의 눈이 트여 만물의 원천과 교감을 나눌 수 있으면
자기초월의 꽃을 피울 수 있으리라.

신들의 손톱으로 판 호수

어느 날, 운암이란 스님이 마조의 제자인 지상 스님을 찾아갔다. 지상은 운암을 보더니 갑자기 활시위를 당기는 시늉을 했다. 이에 질세라 운암은 칼을 빼 화살을 쳐내는 시늉을 했다. 그러자 지상이 소리쳤다.

"너무 늦었어!"

하지만 운암도 물러서지 않았다.

"늦으면 깊은 법이지요!"

이 소리에 지상이 껄껄 웃었다.

사티쉬 쿠마르의 『그대가 있어 내가 있다』라는 책에도 '늦으면 깊은' 삶의 도리를 일깨우는 멋진 전설이 소개되어 있다.

인도 아부산의 정상에는 나키Nakki 호수가 있는데, 신들은 이 나키 호수를 손톱으로 팠다고 한다.

사티쉬 쿠마르는 이 전설의 의미를 이렇게 풀이해 준다.

"그들에게는 속도가 목표가 아니었다. 사실 천천히 팔수록 천사들과 동물들과 새들이 갈증을 가실 수 있으며, 몸을 깨끗이 하고, 영혼을 정화할 수 있는 신성한 물을 얻을 수 있는 연못을 만드는 더 나은 의식이 된다."

$$\blacktriangle \quad \blacktriangle \quad \blacktriangle$$

'누가 더 빠른가' 하는 힘겨루기에만 몰두하면

자기를 잃어버리기 쉽다.

그대는 속도전의 경쟁에 휘둘려,

그대 자신을 상실하고 있지는 않은가.

빠르면 깊지 못한 것을!

공테이프

어떤 수도원의 제자 몇 사람이 소풍을 나가 눈 덮인 산에 높이 올랐다. 온누리가 고요하기만 했다.

호기심이 발동한 제자들은 '밤에 무슨 소리가 있지 않을까' 하며 녹음기의 '녹음' 단추를 눌러서 텐트 입구에다 놓아 두고는 잤다. 이튿날 수도원으로 돌아온 제자들이 녹음 테이프를 되감아서 들어 보았다.

'티 없이 깨끗한 고요!'

곁에서 귀를 기울이고 있던 스승이 불쑥 끼어들었다.

"안 들리는가?"

"뭐가 들린단 말입니까?"

"은하들이 어우러져 움직이는 소리!"

스승의 말을 듣고 어리둥절해진 제자들이 서로를 쳐다보
았다.

✴ ✴ ✴

항상 세상 소음에 익숙한 우리의 귀는

너무 큰 소리도, 너무 작은 소리도 듣지 못한다.

하지만 공테이프처럼 우리의 영혼을

고요와 침묵 가운데 놓아 둘 수 있다면

은하들의 숨소리도 들을 수 있으리라.

저 파란 새 좀 봐

자나 깨나 내일에 대한 염려와 걱정으로 쉬지 못하는 이에게 들려주고 싶은 이야기다.

자연에 거룩함聖이 꿰뚫어 있는 모습을 보여 주기를 좋아하는 스승이 있었다. 한 번은 뜰에 앉아 있던 스승이 탄성을 질렀다.

"저기 저 나뭇가지에 앉은 파란 새 좀 봐. 아래로 위로 팔딱팔딱, 예쁜 가락으로 세상 가득 채우면서 그저 한량없이 즐겁기만 하군. 저 새한테는 '내일'이라는 개념이 없거든."

한여름날 숲에 들어
뻐꾸기의 노랫소리에 젖어 보라.
과거와 미래가 '현재'라는 한 가락에 담겨
푸르게 메아리치지 않던가.

하느님도 못 하시는 일

항상 남을 속상하게 할까 봐 두려워하는 소심하기 짝이
없는 제자에게 스승이 말했다.

"하느님도 못 하시는 일이 하나 있다네."

"뭔데요?"

"팔방미인 노릇!"

남의 눈치나 살피며 기웃거리면

삶의 중심을 잃고 방황하게 된다.

하늘이 선물로 허락한 그대 고유의 삶을 살라.

탐욕의 집

강릉 해안 마을에서 살 때 겪었던 일이다.

누런 황사가 하늘을 뒤덮던 봄날, 엄청난 불길이 마을과 소나무 숲을 휩쓸었다. 밭두렁을 태우다 번진 불길은 건조한 날씨, 거센 바람 때문에 수십만 평의 숲을 태우고서야 꺼졌다. 불에 탄 집만도 수십 채, 아름다운 소나무 숲도 잿더미로 변했다.

얼마 뒤, 집과 가재도구들을 잃은 이들에게 꽤 괜찮은 보상이 결정되었다. 어떤 집들은 낡은 집 대신에 새 집을 짓게 되니, 전화위복인 셈이었다.

이걸 보고 자기 집이 불타지 않은 어떤 이가 부러워하며 말했다.

"우리 집도 아예 불에 타버렸으면 좋았을걸!"

▲　▲　▲

그 존재 자체가 탐욕의 집이로다.

멀쩡히 서 있던 것들이

무無로 돌아가는 걸 보면서도 깨닫지 못하니,

어찌 짐승보다 낫다 할까.

비난

희랍 철학자를 따르는 한 제자가 있었다. 철학자는 제자에게 앞으로 3년 동안 그를 비난하는 모든 사람에게 돈을 주라고 지시했다. 제자는 스승의 가르침대로 따를 수밖에 없었다. 고생스런 3년의 기간이 지나자 철학자인 스승이 말했다.

"이제 너는 아테네로 가서 지혜를 배우라."

제자가 아테네로 들어가는데, 어떤 늙은 현자가 문 앞에 앉아서 지나가는 모든 사람을 비난하고 있었다. 현자는 이 철학자의 제자에게도 비난을 퍼부었다.

그러자 제자는 즉각 너털웃음을 터뜨렸다. 놀란 현자가 물었다.

"내가 그대를 비난하는데, 그대는 왜 웃는가?"

제자가 대꾸했다.

"왜 웃느냐고요? 나는 지난 3년 동안 나를 비난하는 사람들에게 돈을 지불해 왔소. 하지만 이제는 그 기간이 끝났기 때문에, 당신이 아무리 날 비난해도 당신에게 돈을 지불할 필요가 없기 때문이오."

그러자 현자가 말했다.

"두려워하지 말고 어서 도시로 들어가라. 도시 전체가 그대의 것이다."

『사막의 교부들』이라는 책에 나오는 이야기다.

▲　▲　▲

사람들은 인터넷에 떠다니는 악플 때문에

괴로워하기도 하고 더러는 자살을 감행하기도 한다.

어떤 종교에서는 세상을 마야(환영)라고 부른다.

그렇다면 악플도 선플도 마야의 장난에 불과한 것이 아닐까.

우리에게 이런 자각이 또렷하다면

타인의 비난과 칭찬에 초연할 수 있으리라.

화사한 4월이 있거늘

"죽은 뒤의 부활을 믿으십니까?"

어떤 젊은이가 심각한 표정으로 스승에게 물었다.

"이상한 일이로군. 그런 화제를 그처럼 붙들고 늘어지다니!"

스승이 못마땅하다는 듯이 대꾸했다.

"그게 왜 이상하다고 하십니까?"

"여기 바로 자네 앞에 이렇게 화사한 4월이 있거늘……."

노란 개나리며 진달래꽃들이 활짝 핀 눈부신 창밖의 풍경을 가리키며, 스승이 계속 말을 이었다.

"내일 뭘 먹게 될지 모르겠다고 해서, 오늘 먹지 않겠다

고 보채는 어린아이 같구먼. 자네는 지금 굶어 죽어 가고
있네. 나날이 먹을 것을 먹게나."

∧ ∧ ∧

그대는 죽음 이후의 세상에 대해

왜 그토록 마음을 쏟는가.

지금 이 순간 삶의 황홀을

누리지 못하기 때문은 아닌가.

오늘 하늘이 그대에게 주신 것에 자족하고

자기의 운명을 사랑하면

낙원이 그대의 것이니,

그대 앞에 차려진 진수성찬을 즐기라.

가장 비싼 것

춘천 시내에서 애견용품점을 운영하는 여자 교우가 있다. 어디를 다녀오다가 교우 생각이 나서 애견용품점에 들렀다.

백화점 안에는 개의 사료며, 온갖 액세서리, 병들었을 때 먹는 약 등 애완견에 관한 모든 것들이 진열되어 있었다. 백화점 벽에는 주로 외국종의 애완견 사진들이 붙어 있었다. 내가 애완견을 보며 신기해하자 교우는 내가 묻지 않았는데도 곁에 서서 애완견의 이름과 개의 특징 따위에 대해 상세히 설명해 주었다.

사면 벽에 붙어 있는 애완견 사진을 모두 둘러보고 난 뒤 내가 물었다.

"여기서 가장 값이 비싼 것은 어떤 겁니까?"

내 물음에 금세 답변을 않고 히죽히죽 웃던 그가 갑자기 정색을 하며 이렇게 대꾸했다.

"가장 비싼 건 바로 저예요!"

그대 존재의 바깥을 기웃대며 배회하지 말라.

그대가 찾는 보화는 바로 그대 안에 있나니.

생의 전부를 걸라

인도의 세 힌두교 학자가 강을 건너려고 나루터로 나왔다.

하늘에는 먹구름이 나직하게 떠 있고 비바람이 몰아칠 것 같았으나, 늙은 뱃사공은 세 명의 힌두교 학자들을 싣고 노를 젓기 시작했다.

그 중 한 학자가 뱃사공에게 물었다.

"천문학에 대해서 좀 아십니까?"

"나는 평생 노만 저었기 때문에 모릅니다."

"허, 당신은 대부분의 생을 헛살았군요."

조금 있다가 다른 학자가 철학을 아느냐고 물었다. 노인의 대답은 역시 똑같았다.

"허, 당신은 반평생을 잃었군요."

세 번째 학자가 물었다.

"그러면 힌두교 경전이나 심리학 그리고 생물학 따위도 모르겠군요?"

노인은 짜증스럽다는 듯이 모른다고 대꾸했다. 그러자 그 학자는 불쌍하다는 듯이 혀를 끌끌 찼다.

이때, 갑자기 세찬 비바람이 불어 그 나룻배를 뒤집어 놓았다. 세 학자가 사람 살리라고 비명을 지르는데, 그 노인 뱃사공이 그들에게 말했다.

"여보시오, 당신들은 아는 것이 많은데, 그동안 수영도 못 배웠소? 참 딱하기도 하셔라. 그렇다면 당신들은 생의 전부를 잃었군요!"

이렇게 말한 그는 그들을 구해 준 뒤, 물에 빠진 생쥐 꼴이 된 그들에게 말했다.

"당신들의 잘난 지식은 당신들 자신도 구하지 못했으니, 그게 무슨 소용이 있겠소. 당신들의 생의 전부를 걸 그런 것에 관심을 갖도록 하시오."

사람들은 물거품 같은

세상의 온갖 지식과 소유에 집착하여

소중한 생을 소모하고 산다.

우리가 진정 기울여야 할 생의 관심은

우리 영혼의 부요가 아니겠는가.

깨달음의 지혜

우둔한 사람의 마음은 입 밖에 있지만,
지혜로운 사람의 입은 그의 마음속에 있다
—벤자민 프랭클린(1706~1790)

마음의 요정

옛날에 어느 나라의 왕과 왕비가 한 전람회장을 방문했다. 그들은 전시된 물건들을 관람하다가 아름답게 조각된 한 상자에 눈길이 갔다.

왕비가 그 상자를 보며 물었다.

"이 상자 속에는 무엇이 들었지요?"

그 상자를 전시한 주인이 대답했다.

"다른 물건들은 모두 아무것도 아닙니다. 이 상자는 참으로 굉장한 것인데, 세상에서 이보다 더 좋은 것은 찾을 수 없을 것입니다."

왕이 물었다.

"이 조그마한 상자가 그렇게 대단하오?"

"이것을 작다고 하시면 안 됩니다. 그것은 아주 놀랍고 강력한 힘을 가지고 있습니다. 폐하, 이 상자 속에는 요정이 들어 있는데, 이 요정은 무슨 일을 시켜도 단 1초 안에 해치웁니다."

호기심 어린 눈으로 그 상자를 바라보던 왕비가 말했다.

"우리는 큰 왕국을 가지고 있는데, 만약 이런 물건을 가진다면 대단한 행운이 될 것 같군요."

마침내 왕과 왕비는 요정이 든 그 상자를 샀다. 그리고 상자를 들고 왕궁으로 돌아온 그들은 즉시 요정에게 일을 시켰다. 요정은 그들이 시키는 일을 금세 해치웠다. 그리고는 말했다.

"내가 할 일을 더 줘요. 그렇지 않으면 당신들을 먹어 버리겠어요."

왕과 왕비는 그날 밤잠을 잘 수가 없었다. 일을 끝낸 요정이 그 즉시 일을 더하게 해달라고 보챘기 때문이었다. 일을 주지 않으면 '당신들을 먹어 버리겠다!' 라고 위협하기까지 했다.

정말 큰일이었다. 그들은 요정을 어떻게 처리해야 할지 알 수가 없었다. 요정은 할 일을 생각해 낼 수 없을 정도로 무슨 일이든 금방 해치우고, 계속 일거리를 달라고 요구했기 때문이었다.

왕은 마침내 그 나라의 현자인 수상을 불러 자초지종을 말했다. 얘기를 다 듣고 난 수상이 왕과 왕비를 안심시키고 나서 요정에게 가서 말했다.

"나는 이 나라의 수상이다. 너는 지금 당장 온 숲 속을 다 뒤져서 가장 큰 대나무를 가져오너라."

요정은 1초 안에 대나무를 가지고 나타났다. 수상이 요정에게 명령했다.

"너는 땅을 파고 이 대나무를 묻어라. 그리고 내가 시키는 일을 하고도 틈이 나면 그때마다 이 대나무 장대를 계속 오르락내리락하도록 하여라."

이렇게 하여 요정은 쉬지 않고 계속 일을 하게 되었고, 왕과 왕비는 그 위험에서 구출되었다.

이 이야기는 요가의 대가인 스와미 라마가 『행복한 삶의 기술』에서 마음의 기능에 관해 설명하면서 사용한 우화이다.

◣　◥　◣

우리의 마음은
천변만화하는 바다 빛깔처럼 변덕스럽고,

끊임없이 그 무언가를 요구한다.

대나무를 오르내리게 된 요정처럼

마음이 통제되지 않는다면,

그것은 매우 위험한 일이다.

마음은 자유의 도구가 될 수도 있지만,

속박의 도구도 될 수 있다.

그림자 잡기

인도 민담에 나오는 이야기이다.

스와미 람티어스라는 수행승이 시골 마을을 지나가다가 어느 집에 머물게 되었다.

아침에 일어나 보니 한 아이가 오두막 앞에서 놀고 있었다. 해가 뜨자 아이는 자신의 그림자를 발견하였다. 혼자 놀고 있던 아이는 그 그림자를 쫓으며 잡으려고 했다.

그러나 아이가 쫓아서 달리면 그림자도 그만큼 달렸기에 그림자를 잡기란 불가능했다. 마침내 아이는 울기 시작했다. 계속 실패했던 것이다.

앉아서 지켜보고 있던 람티어스는 그 광경을 보고 웃고 있었고, 아이는 울고 있었다.

달려 나온 아이의 엄마는 어쩔 줄을 몰랐고, 아이를 달랠 수도 없었다. 아이의 엄마가 람티어스에게 부탁했다.

"스님, 어떻게 좀 도와주십시오."

그는 아이의 손을 잡아서 아이의 머리 위에 올려놓았다. 그러자 그림자가 잡혔다.

아이는 자기의 머리를 잡고 웃으며 외쳤다.

"잡았어요. 드디어 잡았다구요!"

아이는 자신의 손이 그림자를 붙잡고 있는 것을 볼 수 있었다.

⁂

실체가 없는 그림자를 잡으려고 애태우지 말라.

그대가 그대 자신을 잡으면,

그대 존재의 바탕인 신성神性에 이를 수 있으리니.

널빤지

한 수도승이 바다 여행을 하기 위해 배를 탔다 .승객들은 배에 올라탈 때마다 그들의 관습대로 수도승에게 가르침을 구했다. 그때마다 수도승이 하는 말은 똑같았다.

"죽음을 알도록 하시오. 죽음이 무엇인지 알 때까지!"

여행자들 중에는 수도승의 이 경구에 매혹되는 사람도 있었다. 그런데 얼마 후에 폭풍이 일기 시작했다. 점차 폭풍이 거세지자 선원과 승객들은 무릎을 꿇고 자기들을 구해 달라고 신에게 호소했다. 공포에 질린 사람들은 소리를 지르며 구원을 빌었다.

그런데 수도승은 조용히 앉아 꿈쩍도 하지 않았다.

이윽고 폭풍이 멈추고 하늘과 바다가 고요해졌다. 그제

야 사람들은 수도승이 그 난리 속에서도 내내 평온을 잃지 않았었다는 것을 알게 되었다.

한 승객이 수도승에게 물었다.

"그 사나운 폭풍이 몰아칠 때, 우리와 죽음 사이에는 배의 널빤지 하나밖에 없었다는 것을 모르셨습니까?"

"오, 알고 있었소."

수도승이 태연한 표정으로 대꾸했다.

"바다에선 언제나 그렇소. 우리와 죽음 사이엔 널빤지 하나밖에 없지요. 그러나 육지에서는 우리와 죽음 사이에 그만한 널빤지조차도 없소."

◈　◈　◈

인간의 삶과 죽음은 동전의 양면과도 같다.

삶과 죽음이 하나라는 것을 깨우친 이는

동전이 뒤집힐 때도 평온을 잃지 않는다.

짚신 세 벌

원불교를 일으킨 소태산少太山에게 한 제자가 물었다.

"선생님, 어떤 주문을 외고, 어떻게 닦아야 도를 깨달을 수 있는지 말씀해 주십시오."

소태산이 대답했다.

"큰 공부는 어떤 주문을 어떻게 외느냐에 달려 있는 것이 아니라, 오직 닦는 사람의 정성에 달린 것이네."

그리고 그는 제자에게 한 예를 들어 말했다.

"옛날에 무식한 짚신 장수 한 사람이 도를 닦겠다는 발심을 하고, 어떤 도인에게 도가 무엇이냐고 물었네. 그러자 도인은 사심이 없는 즉각적인 마음이 바로 부처라는 뜻으로 '즉심시불卽心是佛'이라고 짧게 대답했다네. 그러나 이

짚신 장수는 무식한 까닭에 '짚신세벌'이라는 줄 알고 여러 해 동안 '짚신세벌'을 외고 다녔다네. 그러던 중, 어느 날 문득 정신이 열리어 마음이 곧 부처라는 것을 깨달았다고 하네."

하늘은 사람의 '무지'를 탓하지 않는 모양이다.
하늘은 오히려 모든 것을 아는 체하는
윤똑똑이들의 '유식'보다는
'일심一心의 행위'에 대해
후한 점수를 내리심을 기억할 일이다.

신의 분배 방식

한 무리의 아이들이 호두 봉지를 들고서 터키의 현자인 나스레딘 호자를 찾아왔다.

"선생님, 이 봉지 안의 호두를 나눠 가지려고 하는데, 제대로 나눠지지가 않아서 싸움이 붙었어요. 선생님께서 호두를 나눠 주시지 않으실래요?"

"오냐, 그러마. 그런데 애들아, 너희들은 이 호두를 신의 분배 방식으로 나눠 받고 싶으냐? 인간의 분배 방식으로 나눠 받고 싶으냐?"

"그야 당연히 '신의 방식' 대로지요."

아이들의 대답을 들은 나스레딘 호자는 봉지를 풀어 첫 번째 아이에게는 호두를 한 움큼 가득 쥐어 주었고, 그 옆의 아이에게는 다섯 개의 호두를, 그 옆의 아이에게는 세 개의 호두를, 네 번째 아이에게는 한 개의 호두를 주었고, 다섯 번째 아이에게는 한 개의 호두도 주지 않았다. 호두를 받은 아이들은 볼멘 목소리로 나스레딘 호자에게 항의했다.

"선생님, 이게 뭐예요? 무슨 분배 방식이 이래요?"

"이게 바로 신의 분배 방식대로 나눈 거란다. 신은 누구에게는 많이 주시고, 누구에게는 조금 주시고, 누구에게는 아예 주시지 않거든. 너희들이 인간의 분배 방식을 택했더라면 호두 숫자대로 정확히 살나서 줬을 거나."

신神이라는 말에 중독된 사람은
자기의 편의와 이익에 맞춰 신을 끌어들이기를 즐긴다.
하지만 신은 인간의 욕망의 그물에 갇히시는 분이 아니다.
때로 혼란스럽지만, 신이 당신 멋대로 행사하시는
그런 자유를 우리도 누려야 하리라.

영혼의 수심

북원주에 있는 고산高山 저수지로 친구와 밤낚시를 갔다.

고요와 적막에 휩싸인 밤의 저수지는 소음과 사람으로 붐비는 도시에서 허우적대고 살던 친구를 매혹시키기에 충분했다. 어둠에 잠긴 산 속에서는 밤 뻐꾸기가 한가로이 시간의 엿가락을 늘였다 줄였다 하며 울고 있었다. 이따금 부엉이 울음소리도 뻐꾸기 소리에 후렴처럼 끼어들며, 낚시터에 똬리를 틀고 앉은 우리의 마음을 금세 고즈넉하게 가라앉혀 주었다.

친구는 그야말로 '낚시꾼' 이었다. 후레쉬를 켜면 고기들이 도망간다고 불도 밝히지 않고, 어둠 속에서 낚시 가방을 열어 능숙하게 낚시할 준비를 마쳤다. 그리고 대낚 끝에 푸른 빛깔의 형광 물질이 묻은 찌를 달고, 낚싯대를 물에 넣었다 뺐다 하기를 되풀이했다. 아마도 열 번 이상 그렇게 했을 것이다.

밤낚시를 거의 해본 적이 없는 나는 궁금해서 물었다.

"도대체 지금 뭘 하고 있는 거니?"

"수심水深을 재고 있지. 메기가 표적인데, 메기는 얕은 물보다는 깊은 데를 좋아하거든. 그래서 물이 얼마나 깊은가를 재고 있는 거야."

친구는 그렇게 한참 동안 수심을 재다가 장소를 옮겨야겠다고 했다. 물이 너무 얕다는 것이었다. 어둠 속에서 낚시 도구를 챙겨 자리를 옮기는 일이 번거로울 텐데도 친구는 개의치 않았다. 저수지 북쪽으로 자리를 옮긴 친구는 다시 수심을 재기 위해 낚싯대를 집어넣었다 뺐다 하는 짓을 되풀이했다.

그렇게 움직이는 친구를 보고 있던 나는 문득 머릿속으로 이런 생각이 번개처럼 스쳐가는 것이었다.

'하느님도 이 낚시꾼처럼 내 영혼의 깊이를 재보셨나고 하실지도 모르겠군! 추가 달린 낚싯줄을 쓱 집어넣었다가 너무 얕으면 '여긴 건질 게 없겠군!' 하시며, 다른 영혼을 찾아가시겠지.'

캄캄한 어둠 속에서 눈에 불을 켜고 낚싯대를 드리우고 앉은 친구를 보며, 나는 갑자기 온몸에 소름이 돋았다. 그가 마치 내 마음을 들여다보는 하느님이라도 되는 듯……

잠시 후, 낚싯대 끝을 주시하던 친구가 소리쳤다.

"드디어 메기가 입질을 시작했어!"

'입질!'

얼마나 오랜만에 듣는 말인가.

한데, 과연 나는 하느님이 낚시 바늘을 던지시면 입질을 할 만한 수심에 놓여 있는 것일까.

어흥

옛날에 어떤 목동이 산에 갔다가 사자 새끼 한 마리를 발견했다. 목동은 사자 새끼가 측은해서 집으로 데려와 양우리에 넣고 양들 틈에 키웠다. 사자 새끼는 자라면서도 자기가 양인 줄만 알고 풀을 뜯어먹고 살았다.

어느 날, 큰 사자 한 마리가 그 옆을 지나다가 보니 사자가 양들 틈에 끼여 있는 것이 아닌가? 사자는 너무도 기가 막혀 양우리로 다가가서 사자 새끼를 불러냈다. 그리고는 사자 새끼의 목덜미를 덥석 물고 가까운 냇물로 끌고 갔다.

사자 새끼는 물에 비친 자신의 모습을 보고 드디어 자기가 사자인 줄 알게 되었다. 그는 곧 물가에서 나와 "어흥"하고 산천이 울리도록 포효했다.

예수나 붓다와 같은 뛰어난 스승은

그대의 목덜미를 잡고 물가로 끌고 간다.

물거울에 비친 그대 모습을 보고, 그대도 '어흥' 하라.

넌 무슨 경전이냐

어린 수도자 하나가 사원에서 경전을 열심히 읽고 있는데, 스승이 다가가서 물었다.

"무슨 경전이냐?"

수도자가 공손히 대답했다.

"『유마경維摩經』인데요."

그러자 스승이 다시 물었다.

"뭘 읽었느냐고 물은 것이 아니고, 넌 무슨 경전이냔 말이다."

스승의 물음에 어린 수도자는 깨달음에 이르렀다.

자기 자신을 읽을 생각은 하지 않고

문자로 쓰인 경전에만 매달리는 사람이 있다.

죽은 문자에만 사로잡히는 어리석은 짓이다.

아무리 죽은 문자에 매달린들

그것이 자유나 해탈을 가져다 줄 리가 없다.

그런 사람은 차라리 경전을 덮어두고

뙤약볕 아래 앉아 잡초나 뽑는 것이 낫지 않을까.

순례

순례의 길을 떠나는 제자들에게 스승이 말했다.

"이 쓴 조롱박을 가지고 가거라. 그리고 이 쓴 조롱박을 반드시 거룩한 강에 담그고, 모든 거룩한 성전에 가지고 들어가도록 하여라."

오랜 시간이 흐른 뒤, 제자들이 순례를 마치고 돌아왔다. 스승은 그들이 다시 가지고 돌아온 쓴 조롱박을 삶아서 신성한 음식으로 내놓았다.

쓴 조롱박으로 만든 음식의 맛을 본 스승이 제자들에게 말했다.

"이상도 하지? 거룩한 물과 성전들도 이 쓴 조롱박을 달게 만들지는 못했구나!"

예수회 신부였던 앤소니 드 멜로의 우화집에 나오는 이
야기다.

△　△　△

탐욕을 버릴 마음이 없는 사람에게 성수를 뿌린다고,
탐욕스런 사람이 성스러워지지는 않는다.
자기를 여의지 않은 채 매일 경전을 암송한다고
그 사람됨이 새로워지지는 않는다.

"자기 포기 없이 해외 순례를 하는 것보다는
자기를 포기하고 내딛는 한 걸음이 더 낫다."
　—마이스터 엑카르트

바보의 조롱박

한 바보가 잠을 자려고 여관으로 들어갔다. 여관에는 많은 사람들이 북적대고 있었다. 바보는 많은 사람들을 보고 걱정이 되었다. 잠이 들었다가 깨어났을 때, 수많은 사람들 속에서 자기 자신을 찾지 못하면 어쩌나 하는 생각이 들었기 때문이다. 바보는 궁리 끝에 자신의 발목에 조롱박 하나를 매달았다. 자기 자신을 표시하기 위해서.

그런데 곁에 있던 짓궂은 사람이 바보가 하는 짓을 보고, 바보가 잠들기를 기다렸다가 그의 발목에서 조롱박을 떼어 자신의 발목에 매달았다. 그 사람도 역시 그 여관에서 잠을 자려던 참이었다.

밤이 지나고 동이 텄다. 바보가 잠에서 깨어나 조롱박을 찾았다. 그런데 바로 곁에 있는 사람이 조롱박을 매고 잠들어 있는 것이었다. 바보는 처음에 그 사람이 자기라고 생각했다. 그러다가 갑자기 그 사람을 공격하며 외치기 시작했다.

"아이쿠 맙소사, 네가 나라면 나는 누구인가…… 대체 나는 누구란 말인가?"

라즈니쉬의 우화에 나오는 이야기이다.

인간은 '나는 누구인가?' 를 묻는 존재이다.

그런데 어떤 이는 돈과 자기를 동일시하고

어떤 이는 명예와, 또 어떤 이는 사회적 지위와

자기를 동일시하기도 한다.

그대는 무엇과 자신을 동일시하며 사는가.

그대 눈에 보이는 것과의 동일시에서 벗어날 때,

남의 발목에 매인 조롱박을 보고 헷갈리는

바보를 면할 수 있다.

황금 불상의 비밀

태국 방콕에 가면 규모가 굉장한 사원들이 많은데, 그 중에 비교적 규모가 작은 '황금 부처의 사원'이라는 절이 있다고 한다.

그 사원 안에는 4.5미터의 높이에 달하는 황금 불상이 있는데, 그곳을 방문하는 사람이면 그 불상에 압도당하지 않는 사람이 없다. 무게만 해도 2.5톤이 넘고, 1억 9천 6백만 달러에 해당하는 값어치를 지닌다. 모양 또한 장엄하기 이를 데 없고, 위엄을 갖춘 불상은 부드러운 미소로 사람들을 매혹시킨다.

본래 이 불상은 1957년까지는 점토 불상이었다. 그런데 방콕을 통과하는 도로 공사 때문에 1957년에 그 사원을 새로운 장소로 옮겨야 했다. 물론 그 불상도 함께 옮겨야 했다. 크레인을 동원해서 거대한 점토 불상을 들어 올리는 순간, 엄청난 무게로 인해 불상에 금이 가기 시작했다. 게다가 비까지 내렸다. 신성한 불상이 부서질까 염려한 사원의 주지승은 불상을 다시 바닥으로 내려놓으라고 지시하고는 비에 젖지 않도록 큰 방수천을 씌워놓았다.

그날 저녁, 주지승은 불상을 점검하러 갔다. 그는 불상이 비에 젖지는 않았나 살피기 위해 방수천을 젖히고 플래시를 비추었다. 그런데 플래시 불빛이 불상의 금이 간 지점에 비치자 희미한 빛이 반사되어 나왔다. 이상하게 여긴 주지승은 그 반사광을 자세히 살펴보았다. 아무래도 불상 내부에 무엇인가 들어 있는 것 같다는 의심이 들었다.

그는 사원에서 끌과 망치를 가져다가 점토를 파헤치기 시작했다. 점토층을 걷어낼수록 안에서 흘러나오는 빛이 더 밝아지고 더 강렬해졌다.

여러 시간의 작업 끝에 마침내 승려는 황금으로 만들어진 거대하고 눈부신 불상 앞에 마주서게 되었다.

역사가들의 풀이에 따르면, 수백 년 전에 미안마 군대가 태국을 침략한 적이 있는데 태국의 승려들은 나라가 위태로운 것을 깨닫고 소중한 보물인 황금 불상에 진흙을 입히기 시작했다고 한다. 미얀마 군대에 그 보물을 빼앗기지 않기 위해서였다. 하지만 불행히도 미얀마 군대는 당시 그 승려들을 모두 학살했다. 그 결과 황금 불상의 비밀은 1957년에 우연히 발견될 때까지 세상에 밝혀지지 않았다고 한다.

△   △   △

우리는 두려움과 욕망에서 생겨난
온갖 점토로 우리 자신을 감추고 있지 않은가.
우리 각자의 내부에는 '황금의 본질'이 숨어 있으며,
그것이 바로 우리 자신의 진정한 모습이다.
기독교에서는 그것을 '그리스도'라 부르고
불교에서는 그것을 '부처'라 부른다.
그렇다면 이제 우리가 할 일은,
황금 본질을 감춘 딱딱한 껍질을 벗겨내는 일이 아닐까.

얼간이 제자

19세기의 어느 위대한 스승에게 얼간이 제자가 하나 있었다. 스승은 마음의 본성을 소개하기 위해 계속해서 그를 가르쳤다. 그러나 그는 여전히 이해하지 못했다.

스승은 화가 나서 그에게 말했다.

"이보게. 자네는 보리가 가득 찬 이 가방을 저 멀리 산꼭대기까지 옮기도록 하게. 하지만 도중에 쉬어서는 안 되네. 산꼭대기에 도달할 때까지 계속 가도록 하게."

제자는 단순한 사람이었고, 스승에 대해 결코 흔들림 없는 헌신과 믿음을 지닌 사람이었다. 그는 스승의 말씀을 정확하게 이행했다. 무거운 가방 때문에 정상에 이르기까지 오랜 시간이 걸렸다.

마침내 정상에 도달한 그는 가방을 내려놓았다. 그는 땅바닥에 털썩 주저앉았고, 극도의 피로로 녹초가 되었지만, 아주 편안하게 휴식을 취했다.

그때 온갖 장애가 사라졌고, 그의 일상적인 마음도 사라졌다. 그는 바로 그 순간, 홀연히 마음의 본성을 깨달았다.

그는 산을 달려 내려와 모든 예법도 접어둔 채 스승의 방으로 뛰어 들어갔다.

"저는 이제 깨달았습니다. 제가 정말 얻었다고요!"

스승은 이미 알고 있었다는 듯 제자를 향해 미소를 지었다.

"그래, 산을 오르기가 재미있었던 모양이구나, 그렇지?"

소걀 린포체의 『깨달음 뒤의 깨달음』에 나오는 이야기다.

'너무 영리하면 중요한 것을 몽땅 놓칠 수 있다'는 말이 있다.

깨닫기 위해 비범한 지성이 꼭 필요한 것은 아니다.

지극한 헌신과 믿음이 있으면

환한 깨달음의 산봉우리에 오를 수 있다.

가장 훌륭한 설교

해가 지평선 너머로 가라앉으려 할 때, 한 예언자가 거리를 걸어다니며 죽음에 관해 설교하고 있었다.

"회개하시오. 삶을 새롭게 정리하시오. 죽음이 언제 찾아올지 모르오. 여러분이 생각지도 못한 시간에 들이닥칠 것이오. 하느님께서 언제 오시더라도 영접할 채비를 갖추시오."

예언자는 이 말을 마치고 길거리를 가로질러 갔다.

바로 그때, 거친 말 한 마리가 갑자기 달려들어 예언자를 들이받고 발굽으로 짓밟았다. 이 사고로 예언자는 그 자리에서 즉사했다.

이 돌발적인 죽음은 그가 최후로 남긴 가장 훌륭한 설교가 되었다.

▲　▲　▲

남을 구원하겠다고 허풍虛風을 떨지 말라.

그대 삶의 중심을 잃으면

허풍이 회오리바람으로 변해

그대를 날릴 수도 있으리니.

노파의 믿음

중국에 한 노파가 있었다.

어느 날, 친구 한 사람이 인도로 장사를 떠난다는 소식을 들은 노파는 돌아올 때 부처님의 치아舍利 하나를 구해다 달라고 부탁했다. 그런데 이 친구는 장사에 몰두한 나머지 집에 거의 다 돌아와서야 노파의 부탁이 떠올랐다.

그때 마침 길가에서 죽은 개 한 마리를 발견하고 이빨 한 개를 쑥 뽑아서는, 인도에서 가져온 선물이라며 노파에게 가져다주었다. 노파는 무척 기뻐하며 사리함을 만들어 그 것을 안치한 뒤 식구들과 함께 매일 정성을 다해 예배했다.

얼마 후, 놀랍게도 사리함 속의 이빨은 광채를 띠더니 이 상한 빛을 내뿜기 시작했다.

사리함 속의 물건이 단지 개의 이빨이라는 것이 알려진 뒤에도 그 이빨을 둘러싼 광채는 멈추지 않았다고 한다.

　　　　　　▲　　▲　　▲

놀라운 결과를 낳는 가장 힘 있는 기도,
사람이 할 수 있는 가장 고귀한 행위는
순수한 마음에서 비롯되는 법.
그대 안에 이런 순수한 마음에서 비롯된
정성과 열정이 있는가?
도道는 개 이빨로도 통하거늘
게으른 자여, 눈을 뜨라!

어떤 인터뷰

1990년, 내 처녀시집 『지금 남은 자들의 골짜기엔』이 막 출간되었을 때의 일이다.

그 무렵 나는 강원도 홍천의 오지에서 살았는데, 어느 신문사 기자가 내 시에 대한 기사를 쓰겠다고 산골짜기까지 인터뷰를 하러 왔다.

"시인께서는 유일신을 전파하는 기독교 목사이신데, 시를 읽어 보니 다른 그리스도인들과는 좀 다르시더군요."

뜻밖의 물음에 내가 되물었다.

"어떻게 다르던가요?"

"아주 범신론적이시던데요?"

"……"

내가 잠시 침묵을 지키자, 기자는 다시 당돌하게 물어왔다.

"실례지만, 범신론자이신가요?"

"내가 믿는 하느님은 어떤 논(論)의 그물로도 잡을 수 없는 분이라오."

"그러면 범신론이니 유일신론이니 하는 것은 모두 불필요한 그물이란 말인가요?"

"그렇소. 그분이 뭐 쏘가리나 참새라도 된단 말이오? 그물도 삽게!"

△ △ △

그대의 알량한 지성의 그물에 신(神)을 가두지 말라.

그대가 그 그물에 갇힐 수도 있으리니!

시신을 찾는 유품

자칭 촌놈인 임락경 목사는 강원도 화천의 시골에서 몸이 불편한 장애인들과 함께 농사를 지으며 사는 분이다.

그가 쓴 책 중에 제목이 좀 독특한 『돌파리 잔소리』라는 책이 있다. 그 책에는 숱한 민간처방법이 나와 있는데, 이런 삶의 지혜도 약방의 감초처럼 끼어 있다.

강물에 빠져 익사한 이의 시신을 찾지 못할 때, 옛 사람들은 죽은 이의 옷이나 유품을 강물에 던져 두곤 했다고 한다. 그러면 강물에 던진 그 유품이 시신에 끌려가서 그 위치를 알려 준다고 한다. 이는 우리가 평소에도 익숙한 옷가지에 손이 더 가는 것과 마찬가지 이치일 것이다.

친한 것끼리는 서로 끌어당기는 자력이 있는 모양이다.

인간이 억울한 일을 당하거나 기막힌 일을 겪었을 때 하늘에 호소하는 것도, 하늘에 계시다는 이와 근친近親 관계임을 드러내는 것은 아닐까.

▲　▲　▲

불에 태울 옷가지도 제 주인을 알아보고 찾아가거늘,

만물의 영장靈長이라는 사람 가운데는

저를 낳아 준 주인을 몰라보는 이가 얼마나 많은가.

보물창고에 갇힌 죄수

"죄수여, 말해 보아라. 누가 그대를 가두었는지?"

"그것은 내 주인이올시다."

죄수는 말했다.

"나는 이 세상에서 돈이나 권력으론 누구보다도 뛰어날 수 있다고 생각합니다. 그래서 내 보물창고에 왕에게나 어울릴 돈을 모아 놓았지요. 졸음이 닥쳐올 땐 주를 위해 준비했던 침대에 누워 버립니다. 그런데 깨어 보니 나는 보물창고에 갇힌 죄수가 되었더군요."

"누가 이 끊어지지 않는 쇠사슬을 만들었느냐?"

"그것은 나였어요."

죄수는 말했다.

"내가 이 사슬을 정성껏 달구었습니다. 나는 내 불굴의 힘으로 온전한 자유를 누리도록 세계를 사로잡을 것이라고 생각했었지요. 그래서 밤낮 크나큰 불길과 잔인한 타력打力으로 이 사슬을 만들었습니다. 이윽고 일이 끝나고 사슬이 다 되어 끊을 수 없이 튼튼하게 되자, 내가 이 사슬에 꽉 잡혀 매여졌더군요."

인도의 시성 라빈드라나드 타고르의 『기탄잘리』에 나오는 이야기이다.

᷉ ᷉ ᷉

그대가 만든 감옥에

스스로 수인囚人이 되어 있다는

깨우침이 무엇보다 중요하다.

그것을 알았다면,

그대 스스로 그대 존재를 옭아맨 사슬을 끊고

탈옥을 감행해야 하리.

신의 빛깔

이름난 화가 한 사람이 팜보라는 수도원장을 찾아왔다.

"원장님이 만일 신이 어떻게 생겼는지 나한테 그려 보일 수만 있다면, 나도 신을 믿고 신자가 되겠소."

"좋소. 그려 보이지요."

수도원장은 흔쾌히 승낙했다.

"다만, 그 전에 당신이 내 물음에 대답할 수 있어야 하오."

화가가 좋다고 하자 수도원장이 물었다.

"태어날 때부터 장님인 한 노인이 당신에게 다가와 '선생님은 내게 초록색이 어떤 것인지 얘기해 줄 수 있으시겠지요?'라고 한다면, 당신은 어떻게 답변하겠소?"

화가가 대답했다.

"날 때부터 장님인 사람에게 초록색을 설명한다는 건 불가능한 일이지요. 그런 요구에는 답할 수 없어요."

"그렇다면 나 역시 당신 요구에 답하지 않겠소."

이렇게 말한 수도원장은 화가 곁을 떠났다.

∧　∧　∧

궁극적인 물음에 대해

섣불리 논論하거나 함부로 작문하려 하지 말라.

차라리 빈 백지를 내는 이에게

하늘이 후한 점수를 줄 수도 있으리니.

내맡기는 것

"영성靈性이란 무엇입니까?"

어떤 젊은이가 스승에게 물었다.

"뭔가 하려고 애쓰는 것이 아니라, 내맡기는 것이라네."

스승이 대답했다.

"내맡긴다는 것이 무슨 뜻인지요?"

"자네, 수영해 보았나?"

"네."

"물에 빠졌는데 헤엄칠 줄을 몰라 두려워져서 '빠져 죽지 말아야지, 빠져 죽지 말아야지' 하며, 손발을 이리저리 버둥거리기 시작하면 불안한 나머지 물을 더 마시게 되고 필경은 빠져 죽고 말게 되지. 반면에 애쓰지 않고 바닥까지

내려가도록 내맡겨 두면, 몸이 절로 물 표면으로 돌아온다
네. 이게 바로 영성이라네."

⚐ ⚐ ⚐

그대의 삶을 피동被動에 두어
하늘에 내어맡기라.
그러면 존재의 가벼움을 얻어
삶의 기쁨과 자유를 누리리니.

달팽이와 기차

철도변에 살고 있는 달팽이는 매일 시끄럽게 지나다니는 기차 소리에 일을 제대로 못하겠다고 불평을 해댔다.

"손 좀 봐야겠는걸!"

달팽이는 철로 중앙에 버티고 서서 자신의 더듬이를 위협적으로 한껏 뽑아내어 멀리서 달려오는 기차를 노려보았다.

"탈선시키고야 말겠다!"

달팽이는 위협적으로 말했다.

기차는 으르렁대며 다가오더니 달팽이 위를 획 지나쳐 버렸다. 달팽이는 돌아서서 달아나는 기차 꽁무니를 쳐다보았다.

"아니, 멈추지 않았잖아!"

달팽이는 불쾌한 듯 말했다.

"도망가 버렸군. 겁쟁이 같으니라고!"

자기를 과신過信하는 사람들 중에는

제 기도대로 하늘이 응답하지 않는다고

하늘에 삿대질을 하기도 한다.

참 도인

어떤 사람이 금강산을 구경하고 돌아와서 스승에게 말했다.

"유람하는 도중에 까마귀나 뱀을 마음대로 부리는 사람을 보았는데, 제 생각에는 이런 사람이 참 도인인 것 같습니다."

스승이 대답했다.

"까마귀는 까마귀하고나 떼를 짓고 뱀은 뱀하고나 몰려 있을 텐데, 도인이 무엇 때문에 그런 것들과 섞여 있겠는가?"

그 사람이 다시 물었다.

"그러면 어떤 사람을 참 도인이라 하겠습니까?"

"참 도인은 사람들 사이에서 사람의 도를 행할 뿐이네."

"그렇다면 도인이라고 해서 별다른 특징은 없습니까?"

"그렇다네."

"그러면 어떻게 도인을 알아볼 수 있습니까?"

"도인이 아니면 도인을 보아도 도인인지 아닌지 알 수 없네. 이것은 외국말을 할 줄 알아야 다른 사람이 그 말을 잘 하는지 못하는지 아는 것과 같은 이치라네."

◢ ◣ ◢

자기가 살아가는 나날을 사원으로 여기는 사람은

일상 속에서 도道를 추구하는 삶을 산다.

우리는 속지 말아야 한다.

밥 먹고 똥 누고, 사람 서슬에 끼여 사는 것을 떠나

도를 떠벌리는 자는 의심해 보는 것이 마땅하다.

무덤으로 돌아간 사내

　죽은 사람을 살려낼 수 있는 마술사가 있었다.

　어느 날, 그는 어떤 무덤 앞에 서서 주문을 외웠다. 그러자 젊은 사내 하나가 무덤에서 살아 나왔다.

　"저를 이승으로 불러내 주셔서 감사합니다."

　부활한 사내는 마술사에게 감사의 인사를 했다. 마술사가 부활한 사내에게 물었다.

　"이제 그대는 무엇을 할 작정이오?"

　"제 아내에게 돌아갈 겁니다."

　"아내가 지금도 그대를 사랑하는지 알 수 없잖소?"

　사내는 빙그레 웃으며 자신 있게 말했다.

　"제 아내는 저를 무척 사랑하고 있습니다. 제가 침상에서 죽어가고 있을 때, 저 외에는 어떤 사내도 사랑하지 않겠다고 언약을 했었지요."

이렇게 말한 사내는 아내를 만나러 마을로 내려갔는데, 몇 시간이 지나자 놀랍게도 다시 무덤으로 되돌아왔다. 그리고 마술사에게 대뜸 이렇게 말했다.

"제발 저를 다시 죽여 주십시오."

"아니, 아내한테 간다고 하지 않았소?"

"갔지요. 하지만 아내는 이미 다른 사내와 재혼하여 그에게 함빡 빠져 있더군요."

마술사는 부활했던 사내를 무덤으로 들여보내고 돌을 굴려 입구를 막은 다음, 사내를 다시 죽음에 빠져들게 만들었다.

무덤 안에서도
무덤 밖에서도 잠든 인생들이어.
정염情炎의 집착을 깨지 못하면
다시 부활한들 무슨 유익이 있으리.

옷을 지키는 사람

한 수피가 강가에 옷을 벗어 놓고 목욕을 하기 위해 강물로 뛰어들었다. 탁발승이 지나가다가 벗어 놓은 옷을 보고는 누군가가 지키고 있어야겠다고 생각하고 옷 주인이 돌아올 때까지 거기에 서 있었다.

목욕을 끝내고 수피가 돌아오자 탁발승이 물었다.

"당신이 이 옷을 벗어 놓고 갔었소?"

수피가 빙그레 웃으며 대꾸했다.

"벗어 놓은 옷을 지킬 게 아니라, 옷을 벗어 놓은 사람을 염려해야 할 일이 아니오?"

우리는 자주 본말本末을 뒤집는다.

왜 속사람을 가꾸기보다

겉모습을 치장하기에 급급한가.

황금보다 물

뜨거운 여름날, 어떤 나그네가 길을 걷다가 목이 말라 한 마을로 들어갔다. 오랜 가뭄 끝이라 마을 우물들도 모두 바닥을 드러내고 있었다.

다행히 마을 사람들은 마을 한가운데 큰 상수리나무 밑의 우물에 물이 있을 거라고 말했다. 나그네는 그 우물로 찾아가서 우물가에 놓여 있던 나무 두레박을 내렸다.

그런데 그가 묵직하게 담긴 두레박을 끌어올렸을 때, 그 안에는 황금이 가득 담겨 있었다. 그러나 그는 번쩍이는 황금을 보고도 기뻐하지 않았다.

그는 곧 황금을 쏟아버리고, 다시 두레박을 우물 속으로 던지며 성난 음성으로 소리쳤다.

176

"신이여, 저는 황금은 필요 없습니다. 제게 한 모금의 물, 물을 주십시오!"

소설가 니코스 카잔차키스의 산문집에 나오는 이야기다.

△　△　△

타는 목마름으로 헐떡이는 이에겐

황금이 아니라 물이 필요하듯,

그대가 입을 떼어 하는

'말' 도 이와 같아야 하는 것을!

바른 믿음의 궁수

필립보 네리라는 성인이 있었다.

그 성인은 항상 이웃의 실수나 약점에 대해 시끄럽게 떠들고 다니는 어떤 부인의 나쁜 버릇을 고쳐 준 일이 있었다.

성인은 그 부인에게 시장에 가서 닭을 한 마리 사다 달라고 부탁했다. 그리고 오는 길에 그 닭의 깃털을 모조리 뽑아 버리라고 했다.

그 부인이 닭을 가져오자, 성인은 그녀를 칭찬하며 한 가지 부탁을 더 했다.

"이제 닭은 여기 두고, 가서 깃털을 모두 주워다 주시겠소?"

그날은 바람이 유난히 세차게 불었다.

"그건 불가능한 일이에요."

부인은 울상이 되어 버렸다.

"바람 때문에 깃털이 사방으로 날아갔을 거예요."

성인은 잠시 후, 진지한 표정으로 말했다.

"그렇다면, 당신이 남을 험담한 것도 다시 되돌려 놓을 수가 없소."

△ △ △

바른 믿음의 궁수는

타인에게 화살을 겨냥하지 않고

항상 자신을 향해 화살을 겨눈다.

꿈꾸는 젊음

어떤 사람은 젊고도 늙었고, 어떤 사람은 늙어도 젊다.

—탈무드

살아 있는 시신

    티베트의 영적 스승인 뒤좀 린포체가 아름다운 시골 풍
경에 감탄하며 부인과 함께 프랑스를 여행하고 있었다. 마
침, 새로 페인트칠을 하고 온갖 꽃으로 장식한 공동묘지를
지나게 되었다.

    린포체의 부인이 탄성을 지르며 말했다.

    "린포체, 서양에서는 모든 것이 저렇듯 단정하고 깨끗하
군요. 심지어 시신을 안치한 곳에도 먼지 하나 없어요. 동
양에서는 사람들이 사는 집도 이처럼 깨끗하지는 않죠."

    뒤좀 린포체가 대답했다.

    "정말 그렇군요. 이 나라는 문명이 발달한 국가니까요.
프랑스 사람들은 죽은 시신을 위해 저처럼 놀라운 집을 마

련했군요. 그들은 또한 살아 있는 시신을 위해서도 저처럼
멋있는 집을 짓죠."

∧　∧　∧

모세나 예수는 아예 무덤이 없고,
티베트 사람들은 죽은 이의 시신을
새에게 내어주는 조장鳥葬을 치른다.
조상의 무덤을 비싼 돌로 치징하고
거기에 복을 구하는 어리석은 자들아,
죽은 시신을 받드는 일에 혈안이 되면
그대의 삶은 살아 있는 송장의 그것이 되고 만다.

수도원의 쓰레기

한 젊은 나그네가 배에서 내렸을 때, 사람들은 그의 슬기롭고 경건하고 겸손한 태도를 보고, 그가 머물 곳은 한 군데밖에 없다는 생각을 했다. 그래서 그들은 그를 마을 수도원으로 데려갔고, 수도원 식구들은 젊은이를 따뜻하게 환영했다.

어느 날, 수도원장이 젊은이에게 말했다.

"자네, 이 수도원에서 쓰레기를 좀 치워 주겠나?"

그날, 젊은이는 종적을 감췄다. 모두들 청소하는 일이 그의 적성에 맞지 않나보다 하고 생각했다. 이튿날, 수도승 하나가 거리에 나갔다가 우연히 그를 발견하고 불러 세웠다.

"원장님이 시키신 일을 그렇게 물리치다니? 자네 참 어리석은 짓을 했네. 자네가 오르려는 사다리가, 남을 섬기는 일을 통해서만 오를 수 있는 사다리인 줄 몰랐던가?"

이 말을 듣고 젊은이는 울음을 터뜨렸다.

"형제여, 제가 무엇을 할 수 있겠어요? 쓰레기를 치우라는 말씀에 사방을 구석구석 살폈지만 어디에서도 쓰레기를 발견할 수 없었습니다. 그러다가, 원장님이 치우라고 하신 쓰레기가 바로 저라는 생각이 들었어요! 그래서 저를 치워 그곳을 깨끗한 장소로 만들려 했던 겁니다."

페르시아의 시인이자 이야기꾼인 사아디의 우화이다.

ᐱ ᐱ ᐱ

세상을 깨끗하게 하기 위해 자기 자신을
쓰레기로 여기는 순결한 영혼은 매우 드물다.
바닥의 바닥까지 자기를 낮추고 또 낮추는 이런 겸손은
신을 빨아들이는 진공청소기와 같다.

"겸손한 사람은 신적 존재이기 때문이다.
신은 겸손한 사람에게 내려오시는 것이 아니라,
겸손한 사람 안으로 쑥 들어가신다."

―매튜 폭스

은화 두 닢

먼 옛날, 어느 산골에 이름난 장인이 만든 조상彫像을 가진 사람이 살고 있었다. 그런데 그는 그것을 집 앞에 아무렇게나 처박아 두었다.

어느 날, 도시에서 온 한 지식인이 그의 집 앞을 지나다 그 조상을 발견하고, 그에게 그것을 팔지 않겠느냐고 물었다.

"저 멋없고 지저분한 돌덩이를 사려는 당신은 도대체 누구요?"

도시에서 온 사람이 말했다.

"제게 파신다면 은화 한 닢을 드리겠소."

그 말을 들은 산골 사람은 기뻐하며 그것을 팔았다.

도시 사람은 그 조상을 코끼리에 실어 도시로 옮겼다.

몇 개월이 지나 산골 사람은 도시를 찾게 되었고, 거리를 거닐다 한 가게 앞에 모여 있는 군중들 틈에서 들려오는 외침을 듣게 되었다.

"모두들 오셔서 이 아름답고 놀라운 조상을 관람하시오. 사상 최고의 거장 작품을 관람하는 데 단돈 은화 두 닢!"

그 외침을 들은 산골 사람은, 자신이 은화 한 닢에 팔아버린 그 조상을 보기 위해 은화 두 닢을 치르고 가게 안으로 들어갔다.

⌃　⌃　⌃

돼지 앞에는 진주를 던지지 말라고 했던가.

영혼의 보화가 제 안에 있는 줄 모르면,

하늘이 준 소중한 생의 에너지를 누전시키게 된다.

생일 파티

　자기들을 '참 사람'이라 생각하고, 문명인들을 '무탄트 (돌연변이)'라 여기는 호주 사막 오지에 사는 한 원주민은, 문명인들의 '생일 파티'에 대해 의문을 제기한다.

　"축하란 무언가 특별한 일이 있을 때 하는 건데, 나이를 먹는 게 무슨 특별한 일이라도 된다는 말입니까? 나이를 먹는 데는 어떤 노력도 들지 않아요. 나이는 저절로 먹는 겁니다. 우리는 당신들처럼 생일을 축하하지 않고 나아지는 걸 축하합니다. 지난해보다 올해 더 훌륭하고 현명한 사람이 되었으면 그걸 축하하는 겁니다. 하지만 그건 자신만이 알 수 있으니까, 잔치를 열어야 할 때가 언제인지를 말할 수 있는 사람은 바로 잔치의 주인공이지요."

서양 의사인 말로 모건이 쓴 『무탄트 메시지』란 실화소
설에 나오는 이야기이다.

∧   ∧   ∧

늘어나는 주름살이나

번쩍이는 계급장에

꽃다발을 안기지 말아야 한다.

영혼의 진보 없는

삶의 잔치는

타락의 징표일 뿐인 것을.

생의 진미

어떤 사람이 스승에게 물었다.

"스승님은 왜 이야기를 들려주시고 나서, 그 이야기를 어떻게 해석할 것인지를 말씀해 주시지 않습니까?"

스승이 대답했다.

"너에게 사과를 사서 주는 사람이, 네가 보는 데서 속살을 죄다 먹고 그 껍질만 준다면 어떻겠느냐?"

직접 사과를 우적우적 씹어 맛을 보라.

그리고 스스로 새콤달콤한 그대 생의 진미眞味를 체험하라.

신이 맡기신 보석

믿음이 깊은 메이어라는 유대교 랍비가 안식일에 회당에서 설교하고 있을 때, 그의 집에서는 두 아이가 죽어가고 있었다. 결국 두 아이가 갑자기 숨을 거두자, 랍비의 아내는 그 시체를 2층으로 옮겨 흰 천으로 덮어 주었다.

랍비가 예배를 마치고 회당에서 돌아오자, 그의 아내가 말했다.

"여보, 당신에게 묻고 싶은 게 있는데요. 어떤 사람이 제게 잘 보관해 달라고 말하며 아수 귀중한 보석을 맡기고 갔습니다. 그런데 그 주인이 갑자기 맡긴 보석을 돌려달라고 요구해 왔습니다. 제가 어찌하면 좋을까요?"

랍비가 대답했다.

"어쩌긴! 당연히 주인에게 돌려주어야지요."

아내가 눈물을 글썽이며 말했다.

"실은 지금 막 하느님이 두 개의 귀중한 보석을 하늘로 가지고 돌아가셨습니다."

랍비는 아내가 무슨 말을 하는지 그제야 깨달았다. 그는 아내를 껴안았고, 둘은 많은 눈물을 쏟았다. 랍비는 아내가 말한 그 메시지를 이해했고, 그날부터 부부는 함께 상실을 극복하기 위해 노력했다.

자기가 낳은 것을 소유하지 말라는
옛 지혜자의 가르침이 있지만,
피붙이의 죽음을 신이 잠시 맡겨 두었던
보석으로 여기기는 쉬운 일이 아니다.
이런 믿음과 지혜를 지니면,
생의 가혹한 시련이 닥칠 때
담담하게 대처할 수 있으리라.

내리막길에 보았네

　현대 기독교 영성의 대가로 불리는 헨리 뉴엔은 어려서
부터 신동으로 불렸다. 그는 하버드대학을 나오고, 그가 쓴
20여 권이 넘는 저서는 모두 베스트셀러가 되었으며, 많은
사람들로부터 추앙을 받았다.

　그런 뉴엔이 어느 날, 많은 보수와 명예를 보장하는 하버
드대학의 교수직을 사임하고 정신지체아 보호시설의 직원
으로 취업을 했다. 그가 하는 일은 정신지체아들의 대소변
을 받아내고 목욕을 시키는 일이었다.

　사람들이 헨리 뉴엔에게 물었다.

　"대학자가 왜 제자들을 가르치지 않고 엉뚱한 짓을 합니
까?"

그때 헨리 뉴엔은 웃으며 대답했다.

"나는 그동안 '성공'과 '인기'라는 이름의 산정을 향해 오르막길만 달려왔소. 그런데 한 장애인을 만나, 내리막길을 통해 예수 그리스도를 만날 수 있다는 사실을 깨달았소. 오르막길에서는 '나'만 보일 뿐이었는데 말이오."

ᐱ　ᐱ　ᐱ

오르막길에만 도취하면 타인의 얼굴을 볼 수 없다.

자아만 보이기 때문이다.

그리스신화 속의 나르시스처럼 자아에 도취해 있는 사람은,

결국 타인도 사랑하지 못하고 자기 파멸에 이르고 만다.

하지만 우리가 자아도취에서 깨어나

자아 상실을 두려워하지 않는 참 사랑에 눈뜨면,

타인과 내가 '사이 없는 사이', 곧 하나라는 것을 알게 된다.

목검과 진검

14세기, 일본의 잇큐一休 선사는 어릴 때부터 신동으로 이름을 날렸다.

그가 마흔두 살 때 일이다. 선사는 어디를 가나 늘 칼을 차고 다녔다. 무사가 아닌 선사가 왜 칼을 차고 다닌단 말인가? 어떤 사람이 그것을 이상히 여겨 그 이유를 물었다. 잇큐 선사는 갑자기 허리에 차고 있던 칼을 빼 들었다. 질문한 사내와 주변으로 모여들던 사람들이 깜짝 놀라며 뒤로 물러섰다. 사람들이 웅성거렸다.

"아니, 스님. 그것은 쇠로 된 진짜 칼이 아니라, 나무로 만든 목검木劍이 아닙니까?"

그랬다. 그것은 쇠로 된 진검이 아니라, 나무로 만든 목검이었다. 그런 줄도 모르고 놀랐다며 사람들이 허망해하자, 잇큐 선사는 단호하게 말했다.

"요즘 승려 중에는 이 목검 같은 자가 많소이다. 금은으로 장식된 칼집에 들어 있을 때는 매우 훌륭한 칼로 보이지만, 막상 빼서 보면 나무 조각에 지나지 않습니다. 사람을 벨 수도, 죽일 수도, 제 몸을 지킬 수도 없습니다. 하물며 그들에게 활인活人의 도를 기대할 수 있겠소이까?"

ᐱ ᐱ ᐱ

반짝인다고 다 금은 아니다.

빛이라고 다 우리 안의 어둠을 걷어내 주는 것은 아니다.

칠흑의 밤바다에 켜놓은 불빛을 향해 무작정 달려드는 오징어들이 무서운 낚시 바늘에 걸려 죽지 않던가.

이런 광명光明은 의심해 마땅하다.

그러므로 진리의 빛으로 포장한 종교상인들을 조심하라. 그들은 진리를 돈으로 거래하고 하느님도 값을 매겨 파는 자들이다.

무형의 하느님을 어떻게 유형의 물건들처럼 값으로 환산한단 말인가.

잠재력

지질학자들은 지구의 신선한 물 가운데 3퍼센트만이 강과 호수를 이루면서 지구 표면에 드러나 있다고 말한다. 나머지 97퍼센트의 물은 거대한 지하 창고에 숨겨져 있다는 것이다.

지난 세기, 프랑스 아르투아에서 600미터 지하 구멍으로부터 90미터 높이로 물이 치솟아 올랐다. 하루에 378만 리터의 물이 솟아나왔다. 분수를 뜻하는 'artesian'이란 용어는 아르투아Artois라는 지명에서 유래한다.

인간의 잠재력은 3퍼센트만이 지표면에 흐르고 있고, 97퍼센트는 그 밑에 숨어 있는 물과 같다.

상처 입은 '내면의 어린이'가 치유된 사람은, 자신의 감추어진 잠재력을 표면 위로 드러내 보일 수 있다.

위기가 닥치고 고통이 깊어지는 만큼, 그들은 표면 아래 깊은 곳에 있는 무한한 저장소로부터 그 숨겨진 힘을 표면 위로 끌어올리게 된다.

빅터 M. 파라친의 『내적 치유를 위한 성서의 오솔길』에 나오는 이야기이다.

∧　∧　∧

갓난아이들은 울어도 울어도 목이 쉬지 않는다고 한다.

아이들은 그 내적 에너지의 원천과

긴밀히 연결되어 있기 때문이다.

그러므로 하늘에 귀를 대고 무한無限과 사귀어 보라.

창조적 젊음을 누릴 수 있는 무한의 에너지를 얻으리니.

겨우 7년으로?

수백 년 전, 절망에 빠진 어느 젊은 수도승이 노승을 찾아갔다. 그는 황야의 은둔자로서 갈망하는 평안을 찾는 데 실패한 후 낙망하고 있었다.

"수도승이 된 지 얼마나 되었는가?"

노승이 물었다.

"7년이옵니다."

"7년이라?"

젊은 수도승의 대답을 듣고 노승은 이맛살을 찌푸렸다.

"나는 승려로서 법의를 걸친 지 70년이 되었으나, 아직 단 하루도 평온한 적이 없다네. 그런데 자네는 겨우 7년으로 벌써 평안을 갖고 싶다고?"

페르시아의 시인이며 이야기꾼인 사아디의 우화집에 나오는 이야기이다.

∧ ∧ ∧

한무릎공부로 진리의 보석을 얻기를,
평온에 이르기를 바라지 말아야 한다.
원석原石이 귀중한 다이아몬드가 되기 위해서는
오랜 시간 다듬어져야 한다.
금광에서 캔 금덩어리가 왕관이 되기 위해서는
불을 통과해야 한다.

들음의 신비

사랑의 성녀로 불리는 마더 테레사 수녀가 살아 있을 때였다. 한 기자가 수녀를 찾아가 질문을 던졌다.

"수녀님은 새벽마다 기도를 올리신다고 들었습니다. 하느님께 무슨 기도를 하십니까?"

그 질문에 수녀는 조용히 머리를 숙이며 대답했다.

"저는 듣습니다."

기자가 의아한 표정으로 다시 물었다.

"그러면 수녀님이 들으실 때, 하느님은 무어라고 말씀하십니까?"

"그분도 들으십니다."

우리가 영원한 생명 속에서 더 행복할 수 있는 것은,

우리의 시각 덕택이 아니라 청각 덕택이라고 하겠다.

보는 행위가 내게서 밖으로 나가는 것이라면,

영원한 말씀을 듣는 사건은

내 안에서 이루어지는 것이기 때문이다.

— 마이스터 엑카르트

가장 좋은 말

어떤 스승이 제자들에게 수수께끼를 내었다.

"미술가와 음악가, 신비가의 공통점이 무엇인 줄 아느
냐?"

제자들이 아무도 대답을 못하자 스승이 말했다.

"가장 좋은 말은 혀에서 나오지 않는다는 걸 알아차린다
는 점!"

∧　∧　∧

혀에서 나오지 않는 '가장 좋은 말'을 누가 들을 수 있겠는가?

꽃이 필 때는 묵언默言의 향기에 취하고,

새가 울 때는 소리의 맑음을 즐길 줄 아는 사람.

세 치 혀에서 쏟아지는 소음과 아우성에 귀 기울이지 않고,

신의 침묵에 귀 기울이는 사람이 아니겠는가.

이처럼 혀의 멍에를 지지 않고,

혀의 사슬에 묶이지 않는 사람은 행복하다.

존재의 이유

영국의 소설가 D.H.로렌스가 한 아이의 손을 잡고 정원 뜰을 거닐고 있었다.

호기심 많은 아이가 로렌스에게 물었다.

"나무들은 왜 온통 녹색이죠?"

로렌스는 햇빛이 식물 안에 저장되었다가 녹색 잎사귀로 변하는 광합성 과정을 자세히 설명했다. 하지만, 로렌스의 실명에도 아이는 성이 차지 않는 것 같았다.

아이가 다시 물었다.

"나무들은 왜 온통 녹색인지 말씀해 주세요."

로렌스는 곰곰 생각하다가 마침내 이렇게 말했다.

"나무들은 그냥 녹색이니까 녹색인 거야."

그제야 아이는 놀라워하면서 로렌스를 올려다보았다.

"저는 그 설명이 맘에 들어요. 다른 사람들은 항상 너무 복잡하게 설명하려 든단 말이야. 아저씨는 아주 간단하게 말하잖아요. 나무는 그냥 녹색이니까 녹색인 거라고."

∧ ∧ ∧

사람들은 존재의 이유를 알고 싶어한다.

하지만 세상엔 이해할 수 없는 일이,

이해할 수 있는 일보다 훨씬 더 많다.

그렇다면 이해할 수 없는 것을 이해하려 애태우기보다는,

그냥 살아 내야 하지 않을까.

우리는 삶을 이해하기 위해 태어난 게 아니라,

그것을 살기 위해 창조되었으니까.

사과나무가 나의 스승

19세기의 미국 시인 롱펠로우에게는 쓰라린 과거가 있었다. 젊어서는 아내가 오랫동안 앓다가 죽었고, 재혼한 아내 역시 부엌에서 사고가 나 화상을 입어 앓다가 죽었다.

그가 75세가 되어 임종이 가까웠을 때, 기자가 찾아와 물었다.

"선생님은 두 부인과 비극적인 사별을 하셨고, 그 밖에도 많은 고통을 겪으시며 살아오신 것으로 알고 있습니다. 그러한 환경 속에서 어떻게 이토록 아름다운 시들을 쓸 수 있으셨습니까?"

롱펠로우는 마당에 보이는 늙은 사과나무를 가리키며 말했다.

"저 나무가 나의 스승이었습니다. 저 사과나무는 몹시 늙었지요. 그러나 지금도 꽃이 피고 맛있는 열매가 열리지요. 그 이유는 해마다 늙은 가지에서 새 가지가 조금씩 나오기 때문입니다. 나는 나 자신을 늙은 가지라고 생각한 일이 한 번도 없고, 언제나 새 가지라고 생각하며 꽃 피우고 열매 맺는 것을 당연하게 여기며 살았습니다."

∧　∧　∧

자신의 나이와 자기를 동일시하지 말고,
자신의 의식과 자기를 동일시하라고 했던가.
행이든 불행이든, 돌아오지 않을 과거에 집착하면
영적인 진보를 이룰 수 없다.
낯설게 펼쳐진 우주의 경이로움을
휘둥그런 눈으로 바라보던 최초의 아담처럼
그대, 창조적 젊음을 흠뻑 누리고 싶은가.
영원한 지금, 이 순간을 살라.

살아 있는 부처

원불교의 창시자인 소태산이 봉래정사에 있을 때의 일이다.

하루는 어떤 노부부가 길을 걷다가 소태산과 이야기를 나누게 되었다. 소태산이 물었다.

"두 분은 어디로 가십니까?"

"며느리가 성질이 고약해 우리 늙은이들을 구박하곤 하지요. 그래서 절에 가서 불공을 드리면 좀 나아질까 해서 실상사로 가는 길입니다."

소태산이 다시 물었다.

"두 분께서는 생명 없는 등신불에게는 불공을 드릴 줄은 아시면서, 왜 살아 있는 부처에게는 불공을 드리시지 않습니까?"

노부부는 무슨 소리인지 모르겠다는 듯이 의아해하면서 물었다.

"아니, 살아 있는 부처가 어디 있다는 말입니까?"

"두 분 집에 있는 며느리가 바로 살아 있는 부처입니다."

소태산의 말에 노부부는 부분적으로 수긍하면서 다시 물었다.

"그러면 어떻게 불공을 드리면 되겠습니까?"

"두 분께서 불공드릴 비용으로 며느리가 좋아할 만한 물건을 사다 주고, 마치 부처님 공경하듯 며느리를 위해 보십시오. 그러면 두 분이 들인 정성에 따라 불공의 효과가 나타날 것입니다."

소태산이 웃으며 대꾸했다.

노부부는 그 길로 집으로 돌아가 소태산의 말대로 했더니, 정말로 며느리가 효부로 변했다.

노부부가 다시 와서 소태산에게 감사의 인사를 전하자, 소태산이 제자들에게 이렇게 말했다.

"이것이 곧 죄와 복과 직접 관계되는 곳에 비는 실지불공實地佛供이라네."

왜 사람들은 살아 있는 부처를 공경할 생각을 않고,

죽은 부처를 공경할까.

살아 있는 부처를 공경하려면

자기의 아상我相을 죽여야 하지만,

돌덩이에 불과한 죽은 부처에게는

자기의 아상을 죽일 필요가 없기 때문이다.

아상이 시퍼렇게 살아 있고서

다른 이를 부처로 공경할 수는 없다.

자기 곁님도 사랑하지 못하면서

부처든 하느님이든 공경한다고 떠벌리는 것은

자기기만일 뿐인 것을!

쌀 십만 톨

　사진작가이며 번역가인 친구 김문호가 책을 보내 주었다. 간디와 함께 현대 인도의 정신적 지도자이며 사회운동가로 추앙을 받는 비노바 바베의 자서전이었다.

　비노바 바베의 뒤에는 신심이 돈독한 어머니가 있었다. 바베가 어렸을 적에 그의 어머니는 신에게 쌀 10만 톨을 바치기로 결심했다. 그녀는 매일 제물을 바치면서 쌀 한 줌을 쥐어 한 번에 한 톨씩을 바쳤고, 그것을 일일이 세어 나갔다.

　바베의 아버지가 그것을 보고 말했다.

　"어찌 일을 그런 식으로 하시오? 쌀을 한 되 퍼서 그 숫자를 헤아리면 될 게 아니오? 그러면 쌀 10만 톨을 바치려면 몇 되를 바치면 되는지 쉽게 계산할 수 있을 것이고, 그래도 숫자를 채웠는지 마음이 안 놓이면 반 되쯤 더하면 될 게 아니오?"

남편의 말이 무슨 말인지 잘 알아듣지를 못한 바베의 어머니는, 어린 바베가 저녁 때 돌아오자 아들에게 물었다.

"애야, 네 아버지가 이런 방법을 가르쳐 주시던데, 너는 어떻게 생각하니?"

바베가 대답했다.

"하지만 쌀알 10만 개는 어머니가 바치는 것이고, 중요한 건 계산이나 수학이 아니잖아요? 그건 신앙의 문제라고 생각해요. 어머니가 헤아리는 알곡마다 어머니의 마음은 신에게 전념하게 될 것이고, 그렇다면 한 알씩 세야지요. 제 생각은 그래요!"

어린 아들의 말을 듣고 바베의 어머니는 몹시 기뻐했다.

구멍가게 주인처럼,
매사에 주판알을 튀기기 좋아하는 사람은
신을 공경하는 일에 있어서도

잔머리를 굴리며 계산을 한다.

하지만 순진무구한 영혼은

삶의 과정을 소중히 여기며,

순간마다 자기를 신에게 바친다.

어린아이 같은 이런 신심을 향해

낙원의 문은 활짝 열려 있다!

정말로 살기 시작한 것

외국 유학을 다녀온 어떤 신부님으로부터 들었다.

그 신부님은 유학 시절에 에이즈로 고통스러워하는 환자들을 돕는 일을 하셨다. 한 번은 어떤 에이즈 환자가 이런 놀라운 말을 하더란다.

"제가 정말로 살기 시작한 것은, 의사가 제게 에이즈에 걸렸다고 말해 주었을 때부터죠."

그래서 내가 물었다.

"그러면 그 이전에는 살지 않았단 말인가요?"

"꿈적거리니까 살아 있기는 한 것이겠지만, 진실로 자기 생을 산다는 자각은 없었다는 거죠."

이 말끝에 신부님은 덧붙이기를, 자기가 만난 30명 정도

의 환자 가운데 절반 정도가 이와 비슷한 말을 하더라는 것
이다.

찬란한 아침 햇살이

잠에서 깬 그대의 이마에 닿을 때,

살아 있음의 황홀에 젖어 보았는가?

그렇지 않다면,

그대는 아직 살기 시작한 게 아닌 것을!

영감만 기다리면 영감이 된다

비버리 니콜스라는 영국의 시인은 자서전에서 청년시절에 윈스턴 처칠을 만난 소중한 경험을 이야기하고 있다.

"자네는 언제 글을 쓰는가?"

윈스턴 처칠이 젊은 시인인 니콜스에게 물었다.

"저는 영감靈感이 떠오를 때까지 기다립니다."

니콜스는 당연한 듯이 이렇게 대꾸했다.

"터무니없는 생각일세. 만일 자네가 영감을 받을 때까지 글을 쓰지 않고 기다린다면, 노인이 될 때까지 기나려야 할 걸세. 글을 쓰는 일도 다른 일과 다르지 않다네. 만일 자네가 날씨가 좋아질 때까지 기다린다면, 자네의 군대는 별로 멀리 행진하지 못할 것이야. 자기 자신을 채찍질해서 글을 쓰는 것만이 작가의 유일한 길이네."

그대의 창조적 삶의 열정이

하늘이 주시는 영감의 문을 여는 열쇠임을 기억하라.

하지만 아무런 노력도 하지 않은 채

영감이 올 때를 기다리기만 한다면,

영감이 될 때까지 귀한 세월을 허송하고 말리라.

게으른 제자

어느 날, 한 스승이 게으름을 피우는 제자 앞에서 손수건을 떨어뜨리며 말했다.

"이 손수건을 주우려고 해봐라."

제자는 스승의 말뜻을 제대로 알아듣지 못하고, 손수건을 주워 드렸다.

스승이 다시 손수건을 떨어뜨리며 말했다.

"야, 이놈아. 주우려고 해보라 그랬지, 누가 주우라고 했느냐?"

제자가 대꾸했다.

"스승님, 주우면 줍고 말면 말지 어떻게 주우려고 합니까?"

이때 스승이 그의 말을 받아서 호통을 쳤다.

"야, 이놈아. 네놈의 상태가 그렇다는 말이다!"

뜨겁지도 차지도 않으면

토해 내겠다고 했던가.

서릿발 같은 말씀으로

잠든 혼魂을 흔들어 깨워 주는

스승을 둔 이는 행복하다.

과시

지진이 잘 나는 마을에 자신의 용기와 대담성을 과시하기를 좋아하는 한 선사禪師가 있었다

어느 날, 지진이 났다. 제자들과 함께 차를 마시다가 지진을 만난 선사는, 제자들이 혼비백산하여 두려워하고 있는데도 태연히 앉아서 차를 마셨다.

며칠 뒤, 선사는 제자들에게 두려움을 이기는 일에 대해 말하면서 지진이 났을 때의 일을 상기시켰다.

"너희 모두가 겁을 먹고 우왕좌왕하고 있을 때, 내가 차분하게 앉아 차를 마시는 것을 보았느냐?"

"네."

"내가 찻잔을 잡고 있을 때 손이 떨리는 것을 본 사람이 있느냐?"

한 제자가 대꾸했다.

"아니요! 그렇지만 그날 스승님께서 드신 것은 차가 아니라 간장이었습니다."

♠ ♠ ♠

과시하기를 즐기면 반드시 실족한다.

영혼의 길잡이를 자처하는 이는

먼저 제 입을 다스릴 수 있어야 한다.

새의 자격증명서

시인이 되고 싶어하는 젊은 여성이 있었는데, 습작한 시가 모아지면 나를 찾아오곤 했다. 그런데 어느 날 나를 찾아온 그녀가 말했다.

"당분간 시 습작을 쉬어야 할 것 같아요."

"왜요?"

"대학 문예창작과에 입학했어요."

"거긴 왜요?"

"시를 좀 더 잘 쓰려고요."

하지만 나는 대학을 다니지 못한 그녀가 열등의식을 지니고 있다는 것을 알고 있었다. 시를 잘 쓰기 위해 대학에 입학했다는 건 일종의 핑계에 불과하고, 그녀는 졸업장을 따고 싶어하는 것이 분명했다.

그 순간, 나는 어느 수도승의 우화집에서 읽은 한 구절이 떠올랐다.

"새가 노래하는 것을 들을 귀가 있다면, 새의 자격증명서를
볼 필요가 없을 텐데……"

영리한 그녀는 금세 내 말을 알아들었다. 얼마 뒤 대학을
그만 둔 그녀는 습작에만 몰두했다.

그녀는 지금 어엿한 시인이 되어 있다.

헌법과 불법

얼마 전, 칠기공예가인 소하素何 선생이 스무 살쯤 되었을 때 자기가 겪었던 이야기를 들려주었다.

그 무렵 그는 경상도 통영에서 살았는데, 어느 날 식당으로 밥을 먹으러 갔다. 그가 자리를 잡고 앉은 맞은편에 한 스님이 앉아 있었다. 스님은 고기를 구워 놓고 술을 마시고 있었다. 정의감이 투철하고 불의를 보면 참지 못하는 그는, 술을 마시고 있는 스님에게 쏘아붙였다.

"스님, 어떻게 스님께서 불법佛法이 금한 고기와 술은 드십니까? 그래도 되는 겁니까?"

스님은 그의 얼굴을 한참 쳐다보더니, 빙그레 웃으며 입을 열었다.

"자네, 학생이지?"

"그런데요."

"자네, 헌법을 아나? 알면 한번 얘기해 봐!"

느닷없는 스님의 질문에 그는 문득 말문이 막혔다. 잠시 후 그가 더듬거리며 말했다.

"잘 모르겠는데요."

그러자, 얼굴이 불콰하게 달아오른 스님이 소리쳤다.

"야, 이놈아! '헌법'도 모르는 놈이 '불법'에 대해 왈가 왈부해?"

우리는 때로 세상이 제공하는 도덕과 윤리 등의
고정관념에서 자유로울 수 있어야 한다.
우리가 고정관념에서 자유로워지면,
삶의 싱싱한 혼돈을 즐기게 될 것이다.
이런 싱싱한 혼돈을 즐길 수 있으면
창조의 새싹을 틔울 수 있고,
그것이 진정 생동하는 삶이다.

살찐 여우와 사자

어떤 사람이 우연히 살찐 여우를 발견하고, '저 여우는 어떻게 저리도 살이 통통하게 쪘을까' 하고 궁금해하였다. 그 사람은 살찐 여우를 관찰해 보기로 했다. 여우는 숲 속의 어딘가에 턱하니 자리를 잡고 무언가를 기다리는 듯했다.

얼마 안 가서 커다란 사자 한 마리가 먹이를 끌고 오더니, 그 자리에서 먹기 시작하였다. 살찐 여우가 자리를 잡은 그곳은, 바로 사자가 먹이를 끌고 와 식사를 하는 곳이었다. 사자가 먹이를 먹을 만큼 먹고 어디론가 사라지자, 살찐 여우는 어슬렁어슬렁 그곳으로 가서 남아 있는 먹이를 맛있게 먹기 시작했다.

이 모든 것을 자세히 관찰한 그 사람은, 자신도 살찐 여우처럼 살면 되겠다고 굳게 마음먹었다. 그 사람은 숲 속의 그 자리 대신 길거리에 앉아서 기다리기로 하였다.

그러나 시간이 흘러, 해가 높이 떴다가 다시 기울기 시작하고, 하오下午의 그림자가 짙어가면서 그는 지치고 허기만 질 뿐이었다. 그 사람에게 눈길 한 번 주는 이가 없었다.

그때 어디선가 말소리가 울렸다.

"그대는 왜 어리석은 여우와 같은 짓거리를 하는가? 그대는 왜 한 마리 사자가 되어, 다른 동물들이 그대가 남긴 것을 먹도록 하지 못하는가?"

︿ ︿ ︿

그대는 왜 스스로 삶의 주인이 되려 하지 않는가.

살찐 부자의 소파에 앉고 싶어 부자의 삶이나 흉내 내면,

언제까지나 거지 신세를 면하지 못하리.

두 눈과 이빨 두 대

한 철학자가 위대한 수피 스승을 찾아와서 물었다.

"스승님은 인생의 경험이 풍부하십니다. 제가 눈이 아픈데 좋은 치료법을 알고 계신지요? 저는 지금 운에 맡기고 있는 처지고, 가족들은 걱정이 태산이랍니다!"

스승이 대답했다.

"마침 가르쳐 드릴 만한 경험이 있긴 있소. 예전에 이빨 두 대가 아픈 적이 있었소. 굉장했다오. 이빨 아픈 게 얼마나 고통스러운 것인지는 그대도 잘 알 거요. 그때, 이빨 두 대를 쑥 뽑아 버리니까 겨우 진정되었지 아마. 내 경험에 의하면 그렇다는 말이오!"

생의 경험이란,

때로는 스승이 되기도 하지만

때로는 독毒이 되기도 한다.

아, 좋은 스승을 만나기란 얼마나 어려운 것인가?

스승 아닌 게 없다

어떤 제자가 몇 년 동안 자기에게 가르침을 베풀어 준 스승을 떠나며 물었다.

"고향에 돌아가서는 마땅한 스승을 어디서 찾을까요?"

스승이 대답했다.

"한순간이라도 스승이 없는 때란 없다네."

제자는 스승의 말을 듣고 아리송했다.

"무슨 말씀이신지요?"

딱하다는 듯 잠시 입을 떼지 않던 스승이 대답했다.

"이 사람아, 매사가 스승이 된다는 말일세. 새 한 마리, 나뭇잎 하나, 눈물 한 방울, 사람들의 미소를 보며 자신의 반응을 담담히 살펴보게. 그러면 매사 스승 아닌 게 없지."

사물에 대한 편견과 고정관념에 사로잡히지 않고

항상 눈과 가슴을 열어 놓고 있으면,

그대가 만나는 모든 것이

그대 삶을 풍요롭게 해주는 스승이 된다.

영혼의 키가 한 뼘 두 뼘씩 자라기를

1.

산기슭에 있는 집에 세 들었더니 큰 산이 거저 딸려 왔다. 나는 우리 집에 처음 놀러오는 사람들에게 의기양양 자랑한다.

"뒤뜰이 수억 만 평이랍니다!"

그러면 사람들은 눈을 휘둥그레 뜨며 경탄을 금치 못한다. 그리고는 내가 안내하는 뒤뜰의 우람한 산봉우리를 쳐다보고 벙긋벙긋 웃으며 맞장구를 친다.

"엄청 부자시군요!"

마음먹기 나름이다. 영혼의 부자로 사는 비결을 나는 스승 예수에게 배웠다. 요즘 말로 하면, 그는 항상 은행 잔고

233

가 제로인데도, 온 천하가 다 자기 것인 양 여기고 살았다.

아, 하늘에 보험 들고 살면 그렇게 될까. 저 들꽃 향기에 보험 들고 저 맑은 새소리에 보험 들고 저 서늘한 개울물소리에 보험 들고 저 날갯짓 가벼운 나비·여치·귀뚜라미에 보험 들고 저 해와 달과 별들에 보험 들고 살면!

2.

오늘 새벽 잠깐 묵상에 잠겨 있는데, 그가 내 영혼의 귀에 대고 으밀아밀 속삭인다.

"너도 하늘에 보험 들었다지? 하지만 더 자라거라."

3.

일본에는 '코이'라는 관상어가 있다고 한다. 어항에서 키우면 5cm가 자라고, 연못에서 키우면 25cm가 자라고, 강에 풀어놓고 키우면 120cm까지 자란단다. 그렇다면 그동안 내 영혼의 키는 얼마나 자랐을까?

이젠 저 안락이 보장된 어항도 싫고 저 조금 더 너른 감옥인 연못도 싫고, 이젠 저 유유히 흐르는 강물에 나를 풀어 놓으리라. 지혜의 물결이 반짝이고 마음의 흐름이 자유롭고 여유의 물굽이에 발을 담글 수 있고 광활한 신의 바다를 향해 콸콸콸콸 소리치는 저 강물에 나를 풀어 놓으리라!

4.

오늘도 흘러가고 또 흘러가는 생의 여로, 앞선 길동무들이 들려준 이야기 때문에 적적치 않구나.

신들도 이야기를 무척 좋아한다는데 그이들도 외로우신 걸까? 하늘과 별과 구름과 염소와 꽃과 새들도 이야기를 들려주면 무척 좋아한다는데 그이들도 외로운 걸까? 이야기는 슬픔을 이기는 힘이 된다는데 미주알고주알 이야기를 만들어내고, 고주알미주알 이야기를 듣는 사람들도 외로운 걸까?

5.

밤새 몰래 눈이 내려 소복이 쌓였다. 아침에 일어나 마당으로 나갔더니 장독대의 항아리들이 키가 한 뼘씩은 자랐다.

나도 당신도 이 이야기들을 읽으며 영혼의 키가 한 뼘 두 뼘씩 자라기를!

2009년 입춘 무렵

치악산 기슭母月山房에서 고진하

국립중앙도서관 출판시도서목록(CIP)

아주 특별한 1분 / 고진하 지음 — 서울 : 조화로운삶, 2009
　　　p. ;　　cm

ISBN 978-89-92378-20-8 03810 : ₩9800
인생훈[人生訓]

199.1-KDC4
179.7-DDC21　　　　　　　　　　　CIP2009000197

아주 특별한 1분

초판 1쇄 인쇄 2009년 1월 29일　초판 1쇄 발행 2009년 2월 6일

지은이 고진하　펴낸이 신민식
기획자 차창룡

출판 6분사장 최연순
편집 변혜진

마케팅 이희태, 임태순, 정주열　제작 이재승 송현주

펴낸곳 조화로운삶　출판등록 2005년 3월 9일 제 300-2005-35호
주소 서울시 마포구 도화동 22번지 창강빌딩 15층　전화 704-3861　팩스 704-3891
전자우편 wisdom6@wisdomhouse.co.kr　홈페이지 www.wisdomhouse.co.kr
출력 플러스 안　종이 화인페이퍼　인쇄 프린팅하우스　제본 신안제책사

값 9,800원　ⓒ2009, 고진하　ISBN 978-89-92378-20-8　03810